笑看風雲

葉劉淑儀 著

推薦序

不為仕途謀進退，不以私利定取捨

任志剛

認識葉太已經數十年，大家都是公職人員，在政府不同崗位為市民服務。她的仕途比我璀璨，充滿機會，顯露優秀才華。當她堅負社會重任、事業如日方中之際，毅然遠赴海外，留學深造，及後更成立智庫與政黨，為市民貼地服務，充份展示她志向遠大、濟世為民的心。

我與葉太是君子之交。我們雖有為大眾利益服務的共同工作目標，但因為範疇不同，共事的機會不多。然而，她卻是一位我特別欣賞的公職人員。她處事作風硬朗、掌握時事透徹、思路分析精密、辯論理直氣壯、視野宏觀寬闊、政策落實徹底，一切都令我非常佩服。近年在行政會議的大圓桌上，我們對坐兩端，位置雖遠，但思路相近。她近年的文章分析跟我的觀點不謀而合，既然是同道中人，我樂意為她新書《笑看風雲》作序。

在香港為市民服務，要面對三個史無前例的獨特挑戰。首先，「一國兩制」在構思與實踐是前所未有。負責及參與管治的公職人員，需要從不同角度不斷摸索、思考和學習，才能在這個獨特制度下，為市民大眾謀取最大長遠利益。葉太新書第一章〈堅信篤行「一國兩制」〉的文章，正好有助從政者更深入了解和發揮制度能為香港創造的優勢，充份釋放制度能為香港帶來的紅利。市民大眾亦能透過閱讀這些文章，多認識影響他們生活的政策背後的法律和理論基礎，增強對香港的歸屬感和增加對政策的支持度。繼去年《走向光明》一書後，葉太再次在這個重要議題上，堅定不移地反駁了一些外部勢力對實踐「一國兩制」的無理指責。

第二個獨特挑戰是葉太書中第三章討論的〈世界百年未有之大變局〉。日趨緊張的地緣政治，變化多端的大國角力，圍堵中國的狹隘用心，自私短視的政治思維，都是管治和發展香港需要面對的挑戰。香港會否成為外國劍拔弩張、刀來槍往的戰場？還是有需要時繼續扮演人流、物流、資金流「暗渡陳倉」的渠道？在沒有即時答案的時候，我們需要留意分析，居安思危，做到有備無患。葉太對大變局所提出的觀點，正好有助香港適時作出應對，是一幅治港的「推背圖」，對當前形勢發揮前瞻性和啟發性的作用。

第三個獨特挑戰是管治香港的生態環境。在過去殖民地長期統治的環境下，香港人在回歸後對憲法與《基本法》的管治框架，都欠缺全面認識和接受程度，令從政者往往面對管治困局。議而不決、決而不行、行而不遠的批評屢見不鮮，即使未盡屬實，仍然揮之不去，增加從政者爭取市民支持、同心解決問題的難度。葉太書中的第二章〈推動良政善治〉，正好提出一系列建議，她的管治經驗，雄才偉略，以至對香港的關懷，在文章中表露無遺。

葉太的新書《笑看風雲》為香港新時代的管治文化，提供了真知灼見，極具參考價值。要達到良政善治是需要有團隊精神，以及無私奉獻的心。在制訂和執行政策時，從政者必須以大眾利益為依歸，不為仕途謀進退，不以私利定取捨。期望葉太能繼續為香港的管治出謀獻策，作出貢獻。

二〇二二年五月

自序

一笑看風雲過

葉劉淑儀

猶記得我從美國進修回港後，在二〇〇八年出版了第一本自傳式著作《四個葬禮及一個婚禮》及在二〇一二年出版了第一本政論著作《理性有時•感性有時》，轉眼間已過了十四年。這些年來，我走過政壇路，見證了香港的起跌動盪，並且堅持透過專欄文章，記下我的感悟與看法，就像《笑看風雲》歌詞所言，「一笑看風雲過」。感謝出版社（明報出版社、天地圖書）的支持，讓我每年都有機會把文章結集，得以在香港書展以新書與讀者交流。來到今年的《笑看風雲》，已是我第十二本作品，實在非常感謝讀者的支持。

回看歷年作品的書名，例如二〇二〇年的《臨界點》、二〇二一年的《走向光明》，其實就是那年香港的寫照，今年的《笑看風雲》亦一樣，我認為是香港在挺過了黑暴，實施了《港區國安法》，完善了選舉制度，確保了制度、秩序及政治安全後，香港得以邁進回歸二十五年、「一國兩制」下一個新階段，港人能笑看風雲。

《笑看風雲》收錄了我過去一年在《明報》〈三言堂〉、《經濟日報》及《經濟通》等媒體刊登的文章，整理成〈堅信篤行「一國兩制」〉、〈推動良政善治〉及〈世界百年未有之大變局〉這三大章節。第一章〈堅信篤行「一國兩制」〉以〈回歸祖國二十五年——「一國兩制」的挑戰與破解〉這篇長文打頭陣。說來話長，這本是我去年底一場講座的內容，我在講座後把內容轉成文字，再陸續修訂及更新一些例子，最終寫成這篇八千多字的文章，並獲得《紫荊論壇》雜誌接納刊登。文章很長，但是希望讀者能耐心閱讀，細心指正。

第二章〈推動良政善治〉主要收錄了這年來我對特區政府施政的看法，提出要達致良政善治的各項政策倡議。的而且確，現在社會動盪已過，在「愛國者治港」的框架下，只有真誠擁護《基本法》及效忠香港特別行政區的人士，才可加入管治班子；再加上新一屆立法會已告別拉布與抗爭，來自不同界別的九十位議員認真審議法案及特區政府財政開支，讓立法會回到理性有效率的軌道。這些都為新一屆特區政府打好了基礎，行政長官必須好好把握當前形勢，全力發展經濟、改善民生。

我在第三章〈世界百年未有之大變局〉分析了目前的國際局勢，特別是中美關係與俄烏之戰對世界大局的影響。中國急速崛起惹來以美國為首的西方國家的忌憚，他們不單要圍堵中國，更在推動逆全球化（Deglobalization），這趨勢對中國及香港的發展都會有深遠的影響。

最後要特別感謝任志剛先生在百忙中賜下序言。在香港回歸二十五年這個關鍵時刻，期望《笑看風雲》這書能對香港有點滴啟發，推動香港向前走。

目錄

第一章

堅信篤行「一國兩制」

第二章
推動良政善治

第三章
世界百年未有之大變局

番外

第一章 堅信篤行「一國兩制」

回歸祖國二十五年——「一國兩制」的挑戰與破解

今年（二〇二二年）是香港回歸祖國二十五年，自回歸以來，「一國兩制」在港運作大致成功，香港經濟持續發展，香港在經濟自由度、營商環境、法治及廉潔政府等多個領域的國際評價相當高，但自二〇一九年發生黑暴及二〇二〇年爆發新冠肺炎疫情以來，特區政府在危機管理及抗疫方面明顯受到多方掣肘，凸顯「一國兩制」實際運作中蘊含的多重矛盾。現時是檢視香港在「一國兩制」框架下的矛盾與挑戰，讓香港邁向下個二十五年，把「一國兩制」的實踐推到新的高峰。

「三對關係」代表三種矛盾

猶記得十年前，國務院港澳辦分管日常工作的副主任張曉明發表了題為〈豐富落實「一國兩制」〉（二〇一二年十一月二十二日）的文章，點出要好好落實「一國兩制」，需要處理好「三對關係」——

一、堅持「一國」原則和尊重「兩制」差異

二、維護中央權力和保障香港特別行政區高度自治權

三、發揮祖國內地堅強後盾作用和提高港澳自身競爭力

二〇一二年九月香港剛舉行了第五屆立法會選舉，當時反對派炒作反對國民教育，鼓動逾十萬人抗議、包圍立法會，時任行政長官梁振英才剛上任便撤回國民教育，這是特區政府自一九九七年回歸以來，繼二〇〇三年推動為國家安全立法失敗後又一次重大挫敗。張曉明就是在這個時代背景下，發表了上述文章。

「一國兩制」下的五種矛盾

文章裏提及的「三對關係」，其實就是「一國兩制」下所存在的三種矛盾。換句話說，中央政府早在十年前已經點出，「一國兩制」是充滿挑戰的。有一種看法是內地龐大，香港細小，因此香港難以維持高度自治，而從近年香港發生的動亂及嚴峻疫情可見，香港雖然細小，但仍然可以影響國家的發展大局。我認為，挑戰的根源是「一國兩制」涵蓋了兩種截然不同的制度，當中包含至少五種矛盾，特區的管治班子需要理解這些矛盾，才能逐一有效破解。

矛盾一　社會主義國家包容資本主義社會

「一國兩制」是已故中共領導人鄧小平先生為了促進國家的統一而構想出來的，當時中國共產黨顧及香港的實際情況及歷史遺留的狀況，保持香港原有的生活方式及經濟、法治制度不變，「一國兩制」包容香港這個城市在龐大的社會主義國家內，繼續實行資本主義制度。第一個矛盾就是在一個社會主義國家內包容一個資本主義社會。

我們都知道，國家是奉行社會主義經濟，經濟發展是透過中央規劃，每五年更新一次。若經濟出問題，中央政府會毫不猶豫地透過宏觀調控等手段介入、規管，重新分配，以達致「共同富裕」。

香港素來奉行自由經濟主義，特區政府對於運用「有形之手」介入市場，處理分配不公或違反競爭的問題，素來十分猶豫，因此即使介入，措施往往不到位，成效不彰。

就以近年水深火熱的「劏房」問題為例，我早於二〇一八年十一月二十八日的立法會房屋事務委員會上，動議促請特區政府規管「劏房」租金升幅；接着同年十二月八日的立法會會議上，我動議「研究訂立規管分間樓宇單位的條例」的議員議案，獲跨黨派議員支持通過，大家都認同「劏房」問題嚴重，可是特區政府仍然延至二〇二〇年四月十六日才宣佈成立「劏房租務管制研究工作小組」，最初小組竟然準備用十八個月來做研究報告，因為社會迴響極大，後來才把研究的時間壓縮為三個月。

最終，特區政府在二〇二一年七月十四日向立法會提交《二〇二一年業主與租客（綜合）（修訂）條例草案》。《條例》迅速獲得通過，並於二〇二一年十月二十日生效。但是，《條例》並不包括規管起始租金，形成漏洞，業主仍可在法例生效前加租。

矛盾二　高度開放與不完全開放

作為一個十四億人口的龐大經濟體，國家的發展格局素來都不是完全開放的，例如國家的金融市場是不可能完全開放給外國的金融集團過早進來的，以免被「吃掉」；相對地，國家選擇以「特區」方式作出一定程度的開放，例如設立經濟特區或自由港等等。

相對地，香港則是非常開放的國際城市。香港的開放，有好處也有壞處。好處是讓香港能面向全球市場，與國際社會接軌及聯繫。開放的壞處就是外國不好的東西也進來了，例如西方的極端自由主義及個人主義，甚至有外部勢力利用香港的開放，培植一些反華分子，抹黑國家，在社會散播分離主義，及至二〇一九年發生《逃犯條例》爭議，外部勢力有機可乘，欲將抗議轉化為顏色革命，嚴重危害國家安全。

另一個香港的開放而影響施政的例子是抗疫。香港的抗疫策略一直沿用二〇〇三年應付非典型肺炎（沙士）那一套，在爆疫初期是有成效的，也曾維持一段長時期零感染，雖然香港和外國的來往因此大幅度減少，但是保障了港人的生命健康，也維持了本地消費。

但是，當具有高傳播力的 Omicron 來襲，第五波疫情一發不可收拾，特區政府顯得招架乏力，除了沒有在疫情放緩時做好預案，未能快速應變，官員更受到港英年代的組織架構、程序及風氣影響，困於保障私隱、自由選擇等思維誤區，未能放開手腳抗疫，公務員系統反應遲緩，部門間合作性低，造成疫情急促擴散及大量長者死亡，甚至「倒灌」到鄰近深圳。

此外，不少商界、外國投資者則鼓吹「與病毒共存」，呼籲恢復與海外往來經商，以維持香港國際金融商務中心、貿易中心和航運中心的地位。但是「與病毒共存」等於「躺平」，不符合國家的「動態清零」政策，香港若要與內地通關，便要和內地的抗疫策略及目標一致。

這些都反映在高度開放與不完全開放之間，香港承受一定張力，若處理不慎，便有可能對國家造成壓力。

矛盾三　大陸法與普通法

第三個矛盾是國家和香港在法制上的不同，國家實行大陸法，香港則是實施普通法。目前世界上四大國際金融中心，即香港、紐約、倫敦和新加坡，也是實行普通法的，甚至有經濟學者說，若金融中心不是實施普通法，將難以成為國際金融中心。

普通法的好處除了有明文法例，法官是根據案例作裁決，有一定的穩定性。例如金融服務業便需要非常穩定的法律來維護交易者的利益。因此，普通法的法制對於香港維持國際金融中心的地位是非常重要的。

普通法也有缺點，例如程序太繁複，打官司往往經年累月，耗費大量精神及人力物力。此外，雖說法庭裁決是根據客觀法律原則，但是難以防止法官用法律語言來包裝自己的政治立場。

經典例子是一九九九年一月一宗有關居留權的案件「吳嘉玲案」，原告控告入境處長，要爭取居港權。

當時終審法院判特區政府敗訴，而判詞竟然說「全國人民代表大會及其常務委員會的行為是否抵觸《基本法》這個問題由特區法院裁定，但當然特區法院所作的決定亦必須受《基本法》的條款限制」（判詞第六十四段）及「法院必須具有上述的司法權去審核全國人民代表大會或其常委會的行為，以確保這些行為符合《基本法》」（判詞第六十五段）。這是荒謬的，一個地區法院怎麼可能有監督檢查全國人大的權力？當時引發了第一次憲制風波。

後來在另一宗居留權案件「劉港榕案」（一九九九年十二月），終審法院作了自我修正，在判詞中說全國人大常委會「解釋《基本法》的權力，是具廣泛性和不受約制的權力（general and free standing）」（判詞第五十七段）。香港的法庭要接受全國人大常委會對《基本法》的解釋。

這是香港在落實「一國兩制」時，因為彼此實行不同的法制而產生的矛盾。後來，因為香港回歸後不斷有人企圖曲解《基本法》的條文去挑戰行政當局，結果全國人大常委會作了至少五次釋法及多項「決定」來解決這些矛盾或港方的錯誤理解。

矛盾四　政治體制上的不同

香港和國家在政治體制上的不同衍生出不少問題。

中國是一個單一制國家，不是聯邦制，所有權力都是中央的，地區沒有剩餘權力。國家透過全國人民代表大會來代表人民，全國人大通過各項法例「解釋」或「決定」來實踐權力，這些都是國家憲法列明的。

香港的民主制度則是國家賦予的，《基本法》讓港人享有在英治時代前所未有的民主。根據《基本法》第四十五條及第六十八條，香港可根據實際情況和循序漸進的原則，最終普選行政長官及立法會。

百多年來，英方都沒想過要還政於民，突然在八十年代提出代議政制、「還政於民」，明顯是想利用選舉制衡中央政府對香港的管治權。英方在撤離前，培養了很多「民主鬥士」。回歸後，立法會出現了前所未有的「民主」力量，不斷爭取盡快普選立法會及行政長官。立法會以至整個社會都變得愈來愈民粹、暴力化及政治化，是民主發展走錯路的惡果。

矛盾五　意識形態的差異

在英治年代，英國人原本是用儒家思想來管治香港的。六十年代，香港發生了六六、六七暴動，港英政府討論過在香港實行地方選舉，但是受到本地的英籍高官反對，他們認為，中國人的社會應該用儒家思想來管治，例如提倡和諧社會，以中國人的傳統價值觀來管治中國人。

七十年代，港督麥理浩爵士深諳此道，以經濟發展推動和諧社會，推出十年建屋計劃，興建新市鎮，推行居者有其屋計劃，建設地鐵，實施九年免費教育等等。相對於當時新加坡的建國行動（nation building），香港所做的是建設和諧社區（community building）。中國人社會幾千年來都是以家庭為本、以大局為重，我們素來相信集中力量、克服困難，成就大我。

香港受了英國百年統治，有不少港人在意識形態或價值觀方面受到西方的影響，例如行事做人以自我為中心，重視個人權益等等。此外，英方在撤退前，匆匆通過及成立《香港人權法案條例》、《個人資料（私隱）條例》、成立平等機會委員會；再加上教育制度、課程結構去中國化，使回歸後新一代把個人權益放在國家發展大局之上。

其實香港的情況與烏克蘭類似。烏克蘭地理位置獨特，夾在俄羅斯與歐洲之間，東面地區向來較親俄，其他地區則較親歐洲。烏克蘭一直是歐美與俄羅斯博弈的棋子，以美國為首的西方力量，引發了二〇一三年底至二〇一四年的「廣場革命」（Maiden Revolution）及今年的俄烏之戰。美國著名政治學家米爾斯海默教授（John Mearsheimer）認為是美國為首的西方國家對俄羅斯不斷挑釁、北約（NATO）不斷東擴的結果。

香港的情況類近，雖然根據歷屆選舉結果，香港大約有四成市民較接受國家的文化、制度及價值觀；但是同時有很多人，特別是年輕人，接受西方的意識形態，甚至希望香港成為西方的一分子，後來還發展成分離主義和港獨主張。這些激進分子以美國學者班納迪克安德森（Benedict Anderson）一九八三年的著作《想像的共同體》（Imagined Communities）為藍本，推出《香港民族論》，主張以語言、文化作為國家的區隔。

到二〇一九年香港發生暴亂，很多畫面及抗爭手段與烏克蘭二〇一三年的「廣場革命」相似，年輕人對歌頌抗爭的紀錄片《Winter on Fire》深有共鳴。中央政府把二〇一九年的暴亂準確定性為顏色革命，果斷訂立《港區國安法》，才使動亂平息，香港社會實現由亂到治。

如何破解矛盾

以上是我認為香港在實踐「一國兩制」時所面對的五大矛盾，而這些矛盾是可以破解的。

破解一　透過政策調節資本主義市場

有關矛盾一「社會主義國家包容資本主義社會」，問題是特區政府是否完全不能干預市場呢？以往特區政府的確深受「積極不干預」、「小政府，大市場」等粗疏的理念影響，認為政府應盡量避免干預市場運作。但是資本主義框架下的市場並非不能干預，西方國家在市場失效時介入的例子比比皆是。政策需因時制宜，適時的介入是需要的。例如上文提及的「劏房」問題，當市場失效，無法滿足市民擁有適切住所的基本人權時，政府便要介入，透過積極有為的政策來破解。

香港過去發展過於緩慢，是由於特區政府內部過份由程序推動，萬事要跟着條例、程序逐步做，例如發展受制於《收回土地條例》、《郊野公園條例》、《道路（工程、使用及補償）條例》、《前濱及海床（填海工程）條例》、《環境影響評估條例》、《城市規劃條例》及《保護海港條例》等等，掣肘甚多。例如一幅地要由「生地」變成「熟地」，往往需時十五至二十年。

我認同行政長官於二〇二一年《施政報告》中提出「北部都會區發展策略」及建構「雙城三圈」的概念，認為方向正確，能把握國家《十四五規劃綱要》及《粵港澳大灣區發展規劃綱要》為香港帶來的機遇，讓香港更好地融入國家發展大局。但《施政報告》預計建設「北部都會區」需時二十年，我認同發展局檢討上述條例，加快發展，但仍需研究程序簡化程度是否足夠，以加快「北部都會區」的發展。

此外，對於大企業的壟斷、削弱競爭的行為，特區政府也要適當介入、遏止，以達致適當的重新分配及「共同富裕」的效果。

破解二　以法律抗衡西方勢力的干預及滲透

上文提及，香港因為是個幾乎完全開放的社會，西方國家在香港培植了不少代理人。反對派知道，他們能透過選舉機器，炒作選舉議題，挑動選民反中反共反港的情緒，不單可以奪取區議會及立法會的議席，更可最終奪取行政長官的席位。

要破解這些滲透和反對力量，單靠特區政府自身的能力是不足夠的，猶幸中央政府果斷出手，接連為香港訂立《港區國安法》、完善選舉制度，特區政府亦修訂了《二〇二一年公職（參選及任職）（雜項修訂）條例》，在政制方面而言，有效以針對性的法律手段及制度，把反中亂港分子排除於管治系統之外，以「合法」或「不合法」界定行為，以維護國家安全及香港的長期穩定。

在維護國家安全方面，自《港區國安法》於二〇二〇年六月三十日生效以來，法庭已陸續就相關案件作出裁決，立下案例。例如「唐英傑案」、「鍾翰林案」及「譚得志案」等等，其中，法官在「唐英傑案」裁定「光時」口號帶有分裂國家的意思，並能夠煽動他人分裂國家。這些裁決為「煽動性」語言訂下清晰標準，讓特區政府禁止煽動性行為危害國家安全，填補了目前國家安全法制一大漏洞。

破解三　尊重普通法原則

國家實行大陸法，香港實施普通法，這是「一國兩制」面對的第三個矛盾，中央政府深切理解並且予以尊重。《港區國安法》的制訂及成功落實，凸顯了「一國兩制」的優點——權力來自憲法，權力機關是全國人大，其常設機構全國人大常委會，以內地法制迅速立法，不受噪音、假消息或政治性拉布影響。

而相對於以大陸法寫成的《中國國家安全法》（二〇一五年通過），中央政府是以普通法原則來訂立《港區國安法》的，例如在第一章〈總則〉第五條便列明「任何人未經司法機關判罪之前均假定無罪」、第三章〈罪行和處罰〉第六節〈效力範圍〉第三十九條列明「本法施行以後的行為，適用本法定罪處刑」，亦即是《港區國安法》沒有追溯期，而且審訊是公開的，這些都是非常重要的普通法原則，反映中央政府對香港的不同法制予以極大的包容。

《港區國安法》第三章〈罪行和處罰〉同樣根據普通法原則，非常清楚明確地制訂了「分裂國家罪」、「顛覆國家政權罪」、「恐怖活動罪」及「勾結外國或者境外勢力危害國家安全罪」四項罪行。

此外，香港的法庭獨立審理及裁決涉嫌違反《港區國安法》的案件，雖然社會上對於設立指定法官有過討論，但是其實不論大陸法或普通法也有類似安排，例如普通法管轄區有憲制法庭、家事法庭、海事法庭等等，都是以具備專長的法官審理專門案件。

《港區國安法》第四十二條規定，「對犯罪嫌疑人、被告人，除非法官有充足理由相信其不會繼續實施危害國家安全行為的，不得准予保釋」，保釋要求非常嚴格，但是《港區國安法》實施至今亦有批出保釋的例子，可見法官是以其獨立的判斷能力、根據法律原則來做決定。

事實上，《港區國安法》的威力立竿見影。全國人大常委會於二〇二〇年六月三十日通過《港區國安法》，並同日在港實施後，反對派頭目、議員紛紛潛逃海外，未及離港的則因為涉嫌觸犯《港區國安法》被捕、被控，黑暴勢力偃旗息鼓，社會回復安寧，反映香港有能力運用「一國兩制」的優勢來破解問題。

破解四　為香港進行政制大手術

上文論及，英方在香港回歸中國前，忽然推動民主改革，要還政於民，其實是想透過普選來制衡中央政府。相對地，中央政府則十分包容地推動香港民主發展。香港回歸時，六十個議席的立法局只有二十人是經選舉產生的；回歸後，二〇一六年的第六屆立法會，已經有四十位議員是透過普選產生的。此外，中央政府多次允許香港推動政改，底線是必須根據《基本法》第四十五條及第六十八條列明的原則，根據實際情況和循序漸進地達致雙普選的目標。

港人享有前所未有的民主，但這種光靠一人一票的程序參與的民主，未能達致優質民主，相反，對香港的經濟、民生、社會安寧造成極大傷害。這種民主模式把不少不真誠擁護香港回歸、不真誠支持國家安全和發展利益的人引入立法會，特別是在二〇一九年區議會選舉，反對派取得大量議席後，他們企圖在之後的立法會選舉取得「三十五+」議席，以圖控制立法會，「攬炒」特區政府。這正正反映香港在政治體制、選舉制度上的重大問題，最終讓中央政府立定決心，為香港進行政制大手術——要求宣誓、完善選舉制度、設立資格審查委員會，實踐愛國者治港。

繼全國人大常委會在二〇二〇年十一月十一日就香港立法會議員資格問題作出「決定」後，特區政府修訂了《二〇二一年公職（參選及任職）（雜項修訂）條例》，於二〇二一年五月二十一日刊憲生效，引入公職人員、立法會議員及區議員宣誓規定，並且明確宣誓要求、劃一監誓人安排、完善處理違反誓言情況的機制等等，保障只有符合擁護《基本法》、效忠香港特別行政區要求的人才能出任公職。

過去一年，特區政府陸續執行公職人員宣誓，包括公務員、立法會議員及區議員，不願意宣誓的已辭職或辭退。未來，官校老師、大學教職員、醫管局及其他公營機構員工也應逐步宣誓，以確保他們真誠擁護《基本法》、效忠香港特別行政區。

全國人民代表大會於二〇二一年三月十一日作了「完善香港選舉制度」的「決定」，撥亂反正，為香港解決政制問題，確保香港的政治安全。特區政府隨即於四月十四日向立法會提交《二〇二一年完善選舉制度（綜合修訂）條例草案》，立法會於四月十七日成立法案委員會，經過十二次會議，在五月三日完成審議工作，並於五月二十七日三讀通過。這個政制大手術包括設立資格審查委員會，確保愛國者治港，並且把立法會重組成功能組別、地區直選及選舉委員會三大板塊。

完善選舉制度下的第七屆立法會選舉已經順利有序地選出九十位立法會議員，自二〇二二年一月九十位議員就職後，立法會運作良好，一洗過去的歪風，有序及高效通過不少重要條例，特區政制重回正軌。

破解五　重塑香港的愛國愛港正向價值觀

要扭轉意識形態上、文化上的矛盾，重塑香港的愛國愛港正向價值觀，行政長官及特區政府領導層責無旁貸。

行政長官需要有真正的愛國情懷，要向市民提出「道德指南針」（moral compass），引導市民接受香港是中國不可分割的一部份，我們的主流價值觀必須是愛國愛港、支持及擁護國家憲制及「一國兩制」。在這大框架下，香港便能繼續與國際接軌，發揮國際大都會的多元性，維持國際金融中心、國際商務中心、國際航運中心的地位，港人能夠繼續享有《基本法》保障的人權、民主、自由。

另一方面是教育。香港需要透過教育改革來扭轉下一代的意識形態，提高愛國意識，不過需要時間，需要過程。

新高中學制去中國化，取消了中國語文及文化科，中國歷史科又不是必修，同學不了解中國歷史，沒有窗口接觸中國傳統文化，卻可能從網絡上接收負面資訊，以致對自身文化感覺疏離，缺乏國民身份認同感。我早於二〇一五年便提倡把中國歷史列為必修科，後來教育局於二〇一八至二〇一九年度把中國歷史科列為初中必修科，但是課時不足，仍有優化空間。

教科書及教材不用送審的通識科是另一個嚴重的問題，加上每年的通識科文憑試都有政治題，使老師在課堂上過份側重教授及討論政治議題。同時不排除有老師利用課堂灌輸反國家的內容，黑暴期間揭露甚多仇中仇港工作紙，亦揭發有老師在社交平台上發表仇中仇警言論，可見「反中」老師騎劫課室荼毒青少年心靈的情況極需關注。

因此，香港必須改革教育，撥亂反正，我跟教育局談了很多，我認為必須從五大方面改革教育，扭轉下一代的意識形態：

一、改革課程，提高學術水平，加強國情及品德教育。

二、加強審批及監察教材，確保內容正確、水平達標。

三、加強教師培訓，回歸專業操守。

四、檢討「校本」政策，改善中小學及大學管治。

五、改革考評局，檢討出題機制。

很欣慰教育局已着手改革，例如把最多問題的通識科改革為「公民與社會發展科」，亦積極推動「香港國家安全教育課程」，內容蘊含在中小學不同階段的不同學習領域及科目內；亦陸續取消專業失德投訴教師的教師註冊資格。不過教育改革往往需時五年、十年才會看到成果，大家且拭目以待。

我相信假以時日，港人的思維會慢慢轉變，國家及國民身份認同感會提高。

新一屆政府必須大刀闊斧推行改革

總括而言，我認為香港在「一國兩制」框架下面對的五大矛盾，都是可以破解的，中央政府給予的支持和指導不可或缺，例如為香港訂立《港區國安法》、完善選舉制度，還有《十四五規劃》肯定了香港八個國際中心的地位，以及當香港面對極為嚴峻的新冠肺炎疫情，中央給予香港無限量的支持，都有助香港的疫後復甦及長遠發展；而特區政府無論在抗疫或實踐「一國兩制」都應負起主體責任。

要破解「一國兩制」下的矛盾與挑戰，新一屆的特區政府必須大刀闊斧推行改革，才可有效實施有利香港經濟民生的發展策略，讓「一國兩制」行穩致遠。

二〇二二年五至六月號《紫荊論壇》

香港回歸二十五載　落實第二十三條立法

《基本法》第二十三條清楚列明，「香港特別行政區應自行立法禁止任何叛國、分裂國家、煽動叛亂、顛覆中央人民政府及竊取國家機密的行為，禁止外國的政治性組織或團體在香港特別行政區進行政治活動，禁止香港特別行政區的政治性組織或團體與外國的政治性組織或團體建立聯繫。」

條文的重點字是「應」（shall）自行立法，可是香港回歸二十四年，仍未能完成這憲制責任。

回首二〇〇二年，我擔任保安局局長，努力推動第二十三條立法。從二〇〇二年九月開始為期三個月的公眾諮詢，搜集了社會各階層超過十萬份意見書，編製了《意見書匯編》，並向立法會及公眾匯報。二〇〇三年二月二十六日，《國家安全（立法條文）條例草案》提交立法會首讀及二讀，修訂《刑事罪行條例》、《官方機密條例》及《社團條例》。

那段期間，我親自出席社會各界，包括大學舉辦的諮詢論壇，親自向公眾講解條例。我共出席了五十七場共兩節的《國家安全（立法條文）條例草案》委員會會議，合共一百一十四小時。

到二〇〇三年六月底，條例草案的審議經已完成。可惜在七月一日，社會出現大規模遊行示威，有政黨拒絕支持。時任行政長官董建華被迫擱置立法，香港履行憲制責任，為國家填補國家安全法例漏洞的機會，就此錯過。

這是本人很大的遺憾，我為此問責，離開特區政府，離開香港，負笈美國進修。

現在是立法適當時機

轉眼間，十多年過去，第二十三條仍未立法，香港卻在二〇一九年發生了前所未有的黑暴，反對派及外部勢力滲透，暴徒仇中仇警，甚至企圖分裂國家，謀求港獨；凸顯了香港在國家安全法例上的缺失。猶幸中央政府果斷採取行動，針對二〇一九年各種分裂國家、顛覆政府的活動，人大常委會於二〇二〇年六月三十日通過《港區國安法》，並於同日在港實施。

《港區國安法》羅列的罪行包括，分裂國家罪（第二十及二十一條）、顛覆國家政權罪（第二十二及二十三條）、恐怖活動罪（第二十四至二十八條）及勾結外國或境外勢力危害國家安全罪（第二十九及三十條）。這條法律補充了現有法例的不足，以對應日益複雜的社會環境。《港區國安法》阻嚇力立竿見影，反對派紛紛金盆洗手、潛逃海外，亦有人被捕，相關組織陸續解散，社會恢復平靜及穩定。

但是，這不等於香港不用履行憲制責任，不用為第二十三條立法。相反，我認為現在是立法的適當時機。

目前，《刑事罪行條例》、《官方機密條例》及《社團條例》等對於叛國、竊取國家機密、間諜行為、外國政治組織滲透干預香港事務等各方面，抑是條文已相當落後，抑是未有條文處理，所以特區政府應該把握時機，盡快進行深入研究，早日為第二十三條立法，修訂相關法例，進一步遏止影響香港整體穩定、危害國家安全的行為。

因此，我期望特區政府能在香港回歸二十五年這個里程碑（二〇二二年），完成第二十三條立法，讓香港特別行政區履行其憲制責任。

就《二〇二一年完善選舉制度（綜合修訂）條例草案》發言

主席，我發言支持《二〇二一年完善選舉制度（綜合修訂）條例草案》恢復二讀。

首先要感謝中央政府用了很大決心，自二〇一九年黑暴後，果斷為香港解決很多問題。先於六月為香港訂定《港區國安法》，去年十一月十一日為我們的公職人員澄清宣誓要求，後人大常委修改香港《基本法》〈附件一〉和〈附件二〉，完善我們的選舉制度。

我也要感謝特區政府的官員，包括律政司及政制及內地事務局全體人員，草擬了六百多頁的條文，非常精細。我知道你們一定做了大量工作。正如我們的條例草案委員會主席廖長江議員所説，審閱時間不是很長，先是審理政策，再逐條條款審議，我們經歷十七次會議，五十多個小時，這是一項馬拉松式的工作。我們很認真地審閱每條條款，也提出了很多意見，感謝局長接納。我相信後人撰寫特區政府的歷史時，會稱通過條例為「充滿歷史意義的時刻」。

這條例可確保香港政治安全，可確保香港可以在「一國兩制」下本着初心發展，行穩致遠至二〇四七年，甚至更長遠。此外也解決了香港許多積壓很久的民生問題，所以我很歡迎這個條例草案。

我也想趁此機會，發表個人觀點。很多外國政府無理指責，指中央政府修改《基本法》〈附件一〉和〈附件二〉是破壞香港「一國兩制」，違反《中英聯合聲明》。主席，我手上的這本書便是我私人珍藏的一九八四年《中英聯合聲明》草擬版本。一九八四年十二月正式簽署的版本也是同一版本。

《中英聯合聲明》的確是兩國之間的聲明，共三個聲明，第一是中央政府表示在一九九七年七月一日恢復對香港行使主權，第二是英國政府正式在一九九七年七月一日把香港歸還中國，第三是中央政府列明對港的十二項基本政策。這其中沒有一個政策是要推行民主，或進行普選，也完全沒有提到立法會的組成。所以立法會是怎樣組成的呢？是我們的國家自定的。因此，外國政府的指責毫無證據，完全多餘。

香港有關普選是在《基本法》第四十五條和第六十八條，但其實香港走普選這條路很短。局長，其實一九七九年港英政府的麥理浩總督得知要把香港交還，所以回來急急推行地方行政政策。主席，當然這樣讓我成為首個在新界民政署協助鍾逸傑先生，成為首長級政務官，在地區推行選舉。所以，香港推行普選的時間其實不長，一九八二年才有區議會選舉，一九八五年開始有功能組別選舉，一九九一年有立法會直選。所以，香港的選舉只有二十多年歷史。

我認為草擬《基本法》的專家很有先見之明。因為這個普選制度從未在香港實施過，不知是禍是福，會引致社會動盪、撕裂，還是真正可以協助立法會，幫助特區政府解決經濟民生問題，實是未知之數。所以，他們在《基本法》第四十五條和第六十八條中加入條款，務必要循序漸進及看實際情況。

過去幾年，很可惜香港的民主路線走錯了，變得愈來愈激進、民粹，加劇社會撕裂。二〇一二年第四屆行政長官上任後，行政長官的選舉方法成為很大的社會爭議。二〇一三年頭，戴耀廷在報章撰文，欲爭取不符合《基本法》的選舉制度，要用「愛與和平」佔領中環。最後當然沒有「愛與和平」了，而是變為非法堵路，暴力衝擊，佔領旺角、中環、銅鑼灣多個商業區七十九日。我想邵家輝議員當時的經歷一定很慘痛，零售界、飲食界、旅遊界受到很大摧殘，當時已經播下動亂的種子。

然後，議會內外的抗爭便愈來愈激烈。二〇一九年有人更加利用《逃犯條例》，本應只是和平地反對條例，但之後發生的事件卻與我二〇〇三年處理國安條例時非常不同。二〇〇三年的示威很和平，時任行政長官董建華表示不恢復二讀後，人群隨即散去。但在二〇一九年，當行政長官表示不恢復二讀後，抗爭仍然不斷升級，除了提出難以接受的五大訴求，更演變為反政府、鼓吹港獨的暴力衝擊。

美國於一月六日發生類似的暴力事件，有人衝擊國會，不肯接受拜登成為總統。美國人如何形容這些行為？他們稱之為insurgency，是武裝叛變。事發一日後便通緝千多人。由此可見，這類暴力事件非常嚴重，讓中央政府不得不出手。

這次特區政府提出這個條例，是真正撥亂反正，讓香港的政制發展回歸正途，合憲合法，有助香港解決經濟民生問題。此次修改政制安排有多個要點。其中一個很大的改動便是賦權選委會，使他們的權力增大。從前只能提名及選出行政長官，以後更可提名及選出立法會議員，這是很大的突破。

我相信不少人想成為立法會議員，也是有很大的競爭。我有一個建議，既然競爭大，希望中央政府和特區政府提出客觀標準和要求。例如，一、議員必須騰出時間履行職務；二、議員必須有精力，有足夠知識，從而提高立法會水平，希望下屆多些可理性分析的議員，不是只靠金句或責罵官員「博出鏡」，而是真正能幫助中央政府解決問題，提出有建設性的措施。我希望局長向中央政府建議，讓我們下屆能有水平更高，能更有效監察政府，並能好好審議法案和開支建議的議會。

我謹此發言。

二〇二一年五月二十七日立法會發言

拼搏或躺平？逆文化更難應對

內地自從改革開放後，經濟迅速起飛，人民就像綜藝節目《天天向上》的名稱一樣，努力搏殺。近年國內演藝文化產業蓬勃發展，各類劇集、綜藝，捧紅了很多有顏值、有演技、能唱又能跳的藝人，像肖戰和王一博兩位「頂流」，《陳情令》爆紅與二人的拼搏態度不無關係。

王一博要求自己把喜歡的做到極致，除了街舞和演戲，他還是明星車手，是二〇一九年ARRC亞洲公路摩托車錦標賽新人組冠軍；肖戰也不遑多讓，雖然粉絲鬧出事故，但無阻發展，他早就登上了「二〇一九年福布斯中國三十歲以下精英榜」，隨便發條抖音也會創下點擊率紀錄，最近則挑戰演技，參演舞台劇《如夢之夢》。懂得沉澱、懂得追求，這些是連央視也認證的正能量偶像。

不過，在任何一個社會，不論演藝界還是其他職業、界別，這些精英終究是少數。他們扮演着楷模的角色，成為其他人欣賞、學習、拼搏的目標。但是，就算在如中國有十四億人口的國家，這類「頂流」只是少數，普通人除了仰望之外，實在較難達到這種「極致」水平。

「葛優癱」翻紅　「躺平文化」前身

和上述拼搏文化相反的，我認為是「hea文化」，或近日在內地惹起批評的「躺平文化」。以內地為例，在經濟騰飛、生活環境富裕後，競爭卻愈加劇烈，內地高中生經歷如戰場一般的高考進入大學後，同樣會對畢業後的前途感到迷茫，面對競爭和壓力感到不知所措。家人壓力、朋輩比較、職場較勁，都讓人感到吃不消，與其奮鬥力爭，不如消極「hea了算」。

近日獲得萬千共鳴的「躺平文化」，其實早見端倪。著名演員葛優在一九九三年的情境劇《我愛我家》中，頹廢地癱在梳化的姿勢，因為非常接地氣而在二〇一六年翻紅，當時很多藝人紛紛模仿，「葛優癱」爆紅全網，甚至入選了「二〇一六年度十大網絡用語」，大抵已反映了部份人「我不想努力了」的心態，也可算是「躺平文化」的前身吧。

「躺平文化」瘋傳隨即惹來官媒批評，指「躺平可恥」、「奮鬥本身就是一種幸福」。這也可以理解，因為中國是發展中國家，目前遭受西方列國圍堵，若年輕人那麼容易輕言「躺平」，國家的發展會受到限制。

香港也有這些現象，有人不想努力，也有人積極搏殺。例如我早前公開說過的MIRROR

走紅，他們是代表港式拼搏文化的。雖然有網民認為，要他們在內地發展不切實際，但是無論如何，有不少人追捧他們，反映港人希望追捧自家偶像。不論他們的政治顏色如何，努力拼搏為出路的精神，都是值得認同的。

中央連環出手　反對派或暗中動員

不論是拼搏努力還是佛系「躺平」、是精英還是大眾，都是社會的不同面向，屬正常現象；但若社會出現「逆文化」便需關注，因為影響可以很深遠。就以香港目前的情況為例，中央政府打出《港區國安法》、公職人員宣誓及完善選舉機制的「連環拳」，可謂立竿見影，黑暴亂局一掃而空，部份反對派潛逃海外，餘下的要面對法律後果，社會恢復治安及秩序；而在新的選舉制度下，相信未來的選舉能達致政治安全，體現愛國者治港。

與此同時，我們不可忽視在社會平靜的表象下，仍有一股「逆文化」蠢蠢欲動。反對派、不認同政府的人士，可能不敢公然挑戰法律，不抗爭不掟汽油彈，但是他們會用其他軟性方式表達不滿，他們的圈子會形成共同語言或符號，或暗中動員，這些難以用法律禁制。即使不再明目張膽高呼「光時」口號，不等於民心回歸，若不適當處理，「逆文化」轉往地下並且不斷蔓延，潛藏的破壞力不容小覷，是為政者更要用心應對的。

民心回歸　為政者最大挑戰

說到底，民心回歸才是最難處理的大挑戰，視乎為政者有沒有真正的胸襟和能量，潛移默化地爭取港人的心。有意見主張成立文化局，立法會馬逢國議員認為，與其成立文法局，不如成立文化體育及旅遊局。

若純粹從經濟角度看，文化產品例如電影、劇集、歌曲、流行音樂等等，可以連同體育及旅遊一起推廣，這樣比較容易處理；但若文化局是打正旗號，要重塑港人的意識形態和核心價值，難度便大得多了。

因此，我認為提倡成立文化局的要小心考慮，香港社會有不同的文化，包括潛伏於平靜社會表象下的「逆文化」，若不能潛移默化地營造包容少數、多樣的主流文化，可能弄巧成拙，使社會更加撕裂。

二〇二一年六月十一日《香港經濟日報》

中國違背了對香港的承諾嗎？

今天是中秋節，我很高興應香港外國記者會（FCC）的邀請，擔任今天午餐會的演講嘉賓，講題是「Has China Broken It's Promises to Hong Kong?（中國違背了對香港的承諾嗎？）」，適逢香港剛剛進行了完善選舉制度後的選舉委員會界別分組選舉，這講題的時機真是剛剛好，我也在這裏分享我的想法。

說到中國對香港的承諾，我認為必須回顧歷史，從港英時代中英會談、《中英聯合聲明》，以至《基本法》及「一國兩制」的初心，到今天完善選舉制度等等多方面剖析。

首先，作為前港英官員及回歸後特區政府的主要官員，我認為自己是非常適合主講這個題目的。在八十年代初期，我在保安科工作時，很感恩已有機會以專家身份參加中英有關香港前途的談判。後來我在工商科工作，深切了解中國政府怎樣支持香港爭取成為「關稅暨貿易總協定」的創始成員。到九十年代，我作為入境處處長，負責處理居留權事宜，有幸成為英方小組專家組長，親身經歷、參與籌備回歸的相關事務。以至回歸後出任保安局局長，負責出入境事務、居留權、特區護照，以及第二十三條等。因此，我對於香港如何過渡主權回歸，怎樣落實「一國兩制」等等，有深刻的了解。

「一國兩制」從來不是一步到位的簡易方程，它是一個史無前例的創新構想。「一個國家，兩種制度」，是在中國這個龐大的國家內同時實施另一套截然不同的制度，挑戰之大，可想而知。

我們不能忘記，「一國兩制」的初心，是關乎中國的統一及領土完整。早在八十年代，已故國家領導人鄧小平先生說過，中國在香港主權回歸這個原則問題上不能退讓，中國要盡一切努力使香港的局勢好轉。而相信每一個香港人都記得的，就是「馬照跑、舞照跳」，即是「香港的現行社會、經濟制度不變；生活方式不變」。

此外，鄧小平先生亦早已闡述過「港人治港」的原則，「港人治港有個界線和標準，就是必須由以愛國者為主體的港人治理香港」。當時鄧小平先生已經提出了愛國者的標準，就是「尊重自己民族，誠心誠意擁護祖國恢復行使對香港的主權，不損害香港的繁榮和穩定」。

即是說，愛國者治港就是「一國兩制」的初心，是今日中央政府完善香港選舉制度的基礎，同時也是目標。作為中國不可分割的一部份，我們不能容許不愛國、不承認中國主權的反中亂港分子滲入香港的管治架構，這個道理是顯而易見的。

自從中央政府為香港訂立《港區國安法》後，很多批評指控中央政府違背《中英聯合聲明》，損害香港的自治及民主自由。然而，只要我們認真細讀《中英聯合聲明》，便會明白這些指控，子虛烏有。

顧名思義，《中英聯合聲明》是中英兩個國家的雙向共同聲明。第一條是「中華人民共和國政府聲明：收回香港地區（包括香港島、九龍和「新界」，以下稱香港）是全中國人民的共同願望，中華人民共和國政府決定於一九九七年七月一日對香港恢復行使主權。」第二條是「聯合王國（英國）政府聲明：聯合王國政府於一九九七年七月一日將香港交還給中華人民共和國。」

第三條是「中華人民共和國政府聲明，中華人民共和國對香港的基本方針政策如下：」第三條之下共有十二款，第一款是「為了維護國家的統一和領土完整，並考慮到香港的歷史和現實情況，中華人民共和國決定在對香港恢復行使主權時，根據中華人民共和國憲法第三十一條的規定，設立香港特別行政區。」這代表香港的憲制地位。

第二款是「香港特別行政區直轄於中華人民共和國中央人民政府。除外交和國防事務屬中央人民政府管理外，香港特別行政區享有高度的自治權。」要留意的是，高度自治並非全部自治，香港是特別行政區而非自治區。

第四款是「香港特別行政區政府由當地人組成。行政長官在當地通過選舉或協商產生，由中央人民政府任命。」我認為這是十分重要的條款，因為選舉是可以採用不同方式進行的，大家必須知道的是，整份《中英聯合聲明》中，沒有隻字提及中國須讓香港實施西方民主選舉制度。今天香港實施的選舉制度，並沒違反《中英聯合聲明》。

換句話說，中國在《中英聯合聲明》中，承諾了讓香港享有高度自治而非全部自治，任何企圖讓香港脫離中國，成為獨立政治實體的圖謀，都不會得逞。

末代港督彭定康在任時，不理會中國的反對，不斷加速推進香港的民主發展，最終導致「直通車」無法過渡，要以臨時立法會代之。而在起草《基本法》時，中央政府同意第四十五條規定「香港特別行政區行政長官在當地通過選舉或協商產生，由中央人民政府任命。行政長官的產生辦法根據香港特別行政區的實際情況和循序漸進的原則而規定，最終達至由一個有廣泛代表性的提名委員會按民主程序提名後普選產生的目標。」

而第六十八條則是「香港特別行政區立法會由選舉產生。立法會的產生辦法根據香港特別行政區的實際情況和循序漸進的原則而規定，最終達至全部議員由普選產生的目標。立法會產生的具體辦法和法案、議案的表決程序由〈附件二〉《香港特別行政區立法會的產生辦法和表決程序》規定。」

上述兩條條文都清楚列明，行政長官及立法會的產生辦法，條件都是按「實際情況」和「循序漸進」。而在經歷黑暴、反對派企圖攬炒、奪權等實際情況下，如今新的選舉制度完全符合上述兩條條文的條件，中央政府不但沒有違背承諾，反之，中央政府是在完全合法的基礎下，履行對香港的承諾，讓香港能準確落實「一國兩制」，達到愛國者治港的初心。

香港經歷了過去二十四年的直選發展，無疑是提高了特區政府的施政透明度及問責性，但同時也讓反中亂港的勢力坐大，從以前的瘋狂拉布、阻撓議案通過，發展到後來鼓吹攬炒、癱瘓議會及政府，最終演變成二〇一九年的黑暴抗爭。而新的選舉制度雖然減少了選民人數，卻大大提高了候選人的質素，而且做到有不同界別的廣泛代表性及均衡參與，未來除了地區人士、基層組織，同時會有很多專業界別的優才精英進入議會，再加上修改了議事規則，拉布等行徑將絕跡，未來的立法會將能大大提高效率及議政質素，協助特區政府破解深層次問題。

而《港區國安法》的實施雖然限制了市民一些自由，但是自由從來不是絕對的，如何在保障國家安全與維護人民自由之間取得平衡，是全球每個國家政府都要面對的議題。事實上，《港區國安法》已經比很多國家的國家安全法寬鬆得多。還有，香港一直維持司法獨立，這點毋庸置疑。過往已有很多判例能證明這一點。

最後，值得大家留意的是，香港在經濟自由度、公共安全、人權發展、抗疫復甦，以至餐飲等等不同範疇仍維持很高的世界排名，我相信未來香港仍然會是受歡迎的國際旅遊及商務樞紐。待我們能和內地通關、恢復國際往來，大灣區將為香港提供更多機遇，香港的經濟會再次起飛，長遠的發展會更加好，香港定必會更加光明。

二〇二一年九月二十一日 facebook

完善選舉制度的啓示

完善選舉制度下的首場立法會選舉已在二〇二一年十二月十九日順利有序地進行，有一百三十五萬名選民投票，投票率百分之三十。選舉前，有人唱淡投票率，更有人在境外鼓吹市民不要投票，以示杯葛。我認為在全新的選舉制度下，投票率有百分之三十已經相當不錯。立法會改組後由三大板塊組成，分別通過選舉委員會界別選舉、功能界別選舉及地方選區選舉，選出九十位議員。當中，選舉委員會其實是個選舉團（electoral college），而通過選舉團選出立法會議員並不是新奇事。

一九八四年七月，在中英談判接近尾聲的時候，港英政府匆匆推出《代議政制綠皮書——代議政制在香港的進一步發展》（Green Paper: The Further Development of Representative Government in Hong Kong），便有選舉團的概念。當年的立法局議員由官守及委任議員出任，港英政府因為要交還香港予中國，便匆匆改組立法局，推行代議政制，即所謂「還政於民」，以制衡中央政府的管治。一開始，港英政府建議成立一個由市政局、區域市政局及各區議會的所有民選議員和全部委任議員合共約四百三十人組成的選舉團，選出部份立法局議員。一九八五年，第一次立法局選舉便有由選舉團選出的議員，其他議席則由原有的官守、委任議員及新增的功能組別組成。至於大家熟悉的地區直選議席，要到一九九一年才設有。

一九八二年，我時任首席助理政務司，在政務總署與上司鍾逸傑一起推動第一次由普選產生的區議會選舉，當年的投票率只有百分之三十左右，但我的港英上司已認為相當了不起，更向我發出嘉獎信。由此可見，在新的選舉制度下，能夠有百分之三十的投票率已是難能可貴。特別在疫情下，很多港人因滯留內地或在隔離中未能投票，百分之三十的投票率實在是相當不錯。

投票權及參選權並非絕對

立法會選舉後，美國隨即帶頭與五眼聯盟、G7 及歐盟批評香港的選舉，指特區政府削弱港人的權利和自由，以及立法會再沒有「有意義的反對力量」，對此我頗有意見。根據《基本法》第三十九條第一款訂明，《公民權利和政治權利國際公約》（ICCPR）、《經濟、社會與文化權利的國際公約》（ICESCR）和國際勞工公約繼續在香港有效；第二款訂明「香港居民享有的權利和自由，除依法規定外不得限制」，而且該等「限制不得與第一款規定牴觸」。ICCPR 及 ICESCR 這兩項最重要保護人權的公約，是港府在一九九一年通過《香港人權法案條例》後才在港生效，而《基本法》確保香港人在回歸後的基本人權自由獲得保障。

香港回歸後，有人不斷將人權自由放大，但他們忽略了各條約組織就解釋人權條約而訂定的「一般性意見」，例如聯合國人權事務委員會就經常發出相關的「一般性意見」，討論 ICCPR 如何在世界各地按照不同情況落實及酌情處理，亦會為立法原意解釋。根據專家的解釋，投票權及參選權並非絕對，素來都可以依法限制，例如在香港，投票人士必須年滿十八歲及在港居住滿七年等；如要參選立法會，亦不可以被判監超過三個月，否則在五年內不得參選；美國在立國之初，婦女及奴隸不可投票；英國亦要到《一九一八年人民代表法令》生效後，才擴大投票權至大部份年滿二十一歲的男性及年滿三十歲擁有物業的女性。

要求公職人員宣誓效忠十分合理

西方國家批評我們通過《二〇二一年公職（參選及任職）（雜項修訂）條例》，要求立法會參選人必須忠誠擁護《基本法》及效忠香港特別行政區，亦設有資格審查委員會審查參選人，這做法又有何不妥呢？美國會讓一個不支持憲法的人擔任議員嗎？英國亦如是，愛爾蘭新芬黨的領袖 Gerry Adams 由於不肯宣誓效忠英女王，因此不能在西敏宮行使他的議事權。由此可見，要求公職人員宣誓效忠政府十分合理。

西方政治理論講究權力制衡

在西方的政治理論中，有所謂「有意義的反對力量」。一般人認為，實踐民主理念，首先是確保平等參與，政府由一人一票普選產生，這亦被西方社會視為金科玉律。其次，就要有權力的制衡（checks and balances），避免權力過份集中，透過公平公開的選舉，讓權力更替，而在議會外都要有「有意義的反對力量」參與，令權力得以制衡。西方理想的民主是做到人人平等，透過一人一票定期舉行普選，體現權力歸於人民（popular sovereignty），亦要有權力的制衡，以達致理想中的民主。

就民主而言，西方學者都有不同的理論。其中一個最著名的是「多頭政體」（polyarchy），由著名政治學教授 Robert Dahl 在一九五〇年代提出，其後於一九七〇年代的著作 Polyarchy 中深入論述。他提出的理論是所有初學入門修讀政治科學的人士必讀，也包括我本人。「多頭政體」此概念由一九五〇年代開始盛行，理論基礎出自 Robert Dahl 的著作。他認為要實現民主，就要有「多頭政體」，由執政黨及所謂的「有意義的反對派」組成。西方國家批評一些國家一黨專政為「單頭政體」或「寡頭政體」，與西方的民主理念背道而馳，但事實上，西方民主發展至今，通過政黨競爭及一人一票普選，是否就是人人平等參與？選舉是否稱得上公平公正公開？又是否真正反映人民的意志，由人民當家作主？是十分值得商榷的。

中國共產黨提出「人民當家作主」

西方民主理念，是體現權力歸於人民（popular sovereignty），本質上與中國共產黨所提出「人民當家作主」的理念相近，分別在於通過甚麼形式來體現。中國以「全過程人民民主」來體現，包括全國人民代表大會代表，由中國內地各省、自治區、直轄市人民代表大會和各特別行政區選舉委員會選舉產生。人大就是代表人民行使權力，包括立法權及政府高級官員的委任權。

西方民主制度未見完美

至於西方體現民主的方法和制度，於古希臘開始發展，直至羅馬帝國的崛起而中斷。西方強調的是人民透過普選當家作主及實踐權力制衡。羅馬帝國當初是一個共和國（republic），雖不是由普選產生，但有權力制衡。後來凱撒（Julius Caesar）被刺殺，羅馬便漸漸發展成一個帝國。自中世紀後，大部份歐洲國家都是由君主統治。直至一二一五年，英國通過《大憲章》後，才衍生法治此概念。現時不少英聯邦國家實行的西敏宮式議會制，是英國在一六八八年光榮革命後才形成，至今只有幾百年歷史。西方的民主制度經歷多次演變，直至第二次世界大戰後，才被西方學者大力推崇為最理想的制度。根據議會式民主，首相可無限期連任，例如英國也是通過《二〇一一年定期國會法》，才訂立定期的選舉日期。在此之前，按照傳統只要執政黨認為有需要，就可以隨時或不舉行大選。

現時我們環顧西方各國，他們的政府是否權力歸於人民？在美國，總統候選人基本上都只是由兩黨提名，表面上設有非政黨提名機制，但成為美國總統候選人，首先要通過五十個州份不同的複雜提名門檻，才能夠在所有州份取得參選資格（ballot access），當中更涉及大量金錢。在歷史上成功做到的人寥寥可數，其中一人是石油大亨羅斯佩羅（Ross Perot），但始終未能成功當選。歐洲亦如是，他們採用的政黨比例代表制度，雖然容許多黨參政，但都是由政黨提名候選人。換句話來説，沒有政黨背景的人基本上無法取得提名參選，所謂的「公民提名」並非西方奉行的主流標準。由此可見，西方國家推崇的民主政治，其實只是政黨政治、金權政治，又何來權力歸於人民、人民當家作主？

二〇二二年一月一日、四日、七日及十日《明報》〈三言堂〉

英國的無理指控

二〇二二年三月，英國外交部發表香港回歸中國後第五十份《香港半年報告書》，詳細列出香港在二〇二一年下半年的發展，包括特區政府執行《港區國安法》的情況、完善選舉制度後的兩場選舉、法律援助制度上的輕微修改，及特區政府對《蘋果日報》及《立場新聞》的行動，以及《電影檢查條例》的修訂等，並藉此大肆抨擊，指控中國違反《中英聯合聲明》及《基本法》，污衊特區政府根據《港區國安法》的執法行動是打擊人權自由。《報告書》又指摘北京破壞香港的核心價值，打擊港人的言論自由、集會自由、選舉自由等基本人權。《報告書》對去年下半年香港發生的事情的描述，一方面基於偏見，另一方面基於英國在對華政策上緊隨美國，對「一國兩制」的實施作出無理的指摘，藉此製造事端。

作為自一九七五年起在港英政府服務的前公務員及土生土長的香港人，我要指出，直至英國政府知悉要將香港交回中國前，我們的核心價值，並不是言論自由、集會自由抑或民主選舉，而是經濟發展。英國治港百多年來，從未推崇這些「核心價值」。在六六、六七騷亂後，港英政府對騷亂的起因深刻檢討。當時在港的英籍高官否決推行民主選舉，認為應用儒家思想治港，引導港人克勤克儉，發奮向上，才締造香港後來的經濟起飛。以我小時候就讀的英國聖公會學校為例，當時的校長是一位謙卑及淳樸的愛爾蘭女傳教士，她十分尊重中國文化，重視律己嚴正，常常教導我們要勤奮好學、孝順父母、尊師重道，卻從未提及人權民主自由。港英政府是在交回香港二十年前，才開始大力推廣人權自由及普選，通過《香港人權法案條例》、《個人資料（私隱）條例》及《平等機會條例》等。今次英國提交的《報告書》，把英人的偽善及雙重標準表露無遺。

其實在八十年代開始中英談判時，參與談判的官員基本上都是爭取最有利香港長遠發展的安排。以香港的司法制度為例，由於回歸前香港的終審權在倫敦的樞密院，為確保香港以普通法為主的法制在回歸後繼續暢順運作，中英聯合聯絡小組根據《基本法》第八十一條及第八十二條就終審法院的成立談判，最終中英雙方達成協議，就每宗聆訊，法院應由四名本地法官（即首席法官及三名常任法官）及第五名法官組成，而該第五名法官可以是海外法官或是已退休的香港法官，稱為「四＋一」方案。雖然方案在一九九一年被立法局否決，但最終在一九九五年獲得通過。同年，聯合聯絡小組同意成立終審法院，並通過成立終審法院的法例，在回歸後成立終審法院。當時成立終審法院的決定是破天荒安排，一個特區政府竟然擁有自己的終審權。當然，全國人大常委會擁有《基本法》的最終解釋權。而讓海外法官出任法院法官，不但凸顯香港司法制度的延續性，而且增加新成立的終審法院的聲譽及威望。

反觀現時來自保守黨，以約翰遜為首的英國政府，他們不再以香港的利益為依歸，所做的一切完全是把玩政治。我們可以從《報告書》的引言及內容得知，保守黨政府動員他們的司法大臣及外交大臣，強迫兩位英國最高法院法官，辭任本港終審法院非常任法官，以削弱香港的法治聲譽。猶記得最資深的韋彥德勳爵（Lord Robert Reed）曾在去年八月二十七日表示不打算離開香港，因為他認為香港的法院仍然符合法治，反映現時離開的決定實為英政府所逼。由此可見，英國政府的行為已遠遠背離當年維護香港及「一國兩制」的精神，更轉過來插了我們一刀。

二〇二二年四月十三日及十六日《明報》〈三言堂〉

國家安全　護我家園

今天二〇二二年四月十五日，是「全民國家安全教育日」。自從人大常委在二〇一五年七月一日通過《中華人民共和國國家安全法》，把國家安全教育納入國民教育體系和公務員教育培訓體系，並且把每年四月十五日定為「全民國家安全教育日」，目標是提高全民的國家安全意識。今年是《港區國安法》於二〇二〇年六月三十日在港實施後，第二年舉辦「全民國家安全教育日」。

記得香港自從二〇一八年開始便有舉辦「全民國家安全教育日研討會」，我也有參加。可惜今年受疫情所限，沒有舉辦大型活動，改為一系列線上活動，包括視頻交流會、教育局和保安局合辦的「國家安全標語創作及海報設計比賽」及「國家安全網上問答比賽」等等，啟發同學的興趣，提高認知。

其實「國家安全」是甚麼呢？國家主席習近平在二〇一四年四月十五日的中央國家安全委員會的全體會議上，提出了「總體國家安全觀」，國家在維護國家安全的宣傳教育工作上，便有了明確方向。以往提到國家安全，我們可能只會想到軍事、戰爭這些傳統概念，但是「總體國家安全觀」包括十六個範疇，從傳統意義上的國土安全、軍事安全、政治安全，發展至科技安全、網絡安全，以至太空安全等等，涉及的範疇既多且廣，因此有必要讓香港市民，特別是年輕人加深了解。教育是有過程的，很高興國家安全已納入香港的教育體系，教育局亦鼓勵學校舉辦全方位學習活動，讓不同學習階段的同學接觸相應的內容，逐步加深了解。

《基本法》第一條便說「香港特別行政區是中華人民共和國不可分離的部份」，而香港作為國家最開放、最自由、最市場化的城市，我們的優勢是與國際接軌，卻容易讓外國勢力滲透，影響我們的意識形態，干預政制發展，危害國家安全。香港正身處世界百年未有之大變局，地緣政治形勢急遽變化，國家自開放改革以來急速崛起，遭遇西方霸權不斷打壓，並且以各種或明或暗手段干預、滲透，在這關鍵時刻，香港更需認清威脅，堅定負上維護國家安全的責任。

今年「全民國家安全教育日」的主題是「國家安全，護我家園」，就是要讓市民明白，如果國家不安全，其合法合理的發展權益遭打壓，或者國家疆土遭分裂、顛覆，香港也不能獨善其身，惟有國家安全，我們才能享有完整的家。

更重要的是，今年是香港回歸二十五週年，但是我們仍未就第二十三條立法。因此，我期望新一屆特區政府能盡快為第二十三條立法，讓香港特別行政區履行其憲制責任，為國家安全守住關鍵大門。

二〇二二年四月十五日 facebook

七大方向提升香港國際地位

憑着港人的拼搏精神及「自由港」的優勢，香港從小小的漁港，漸漸發展成轉口港，再演變成今天全球最重要的國際金融及貿易中心之一。

六十年代起，香港以龐大的貿易額及出口量，發展成世界知名的輕工業中心，在多個製造業領域都取得領先地位，例如紡織及成衣、鞋履、玩具及遊戲機、電子零件、鐘錶等，香港都享譽國際。

香港在回歸前已享獨特國際地位

因此，香港很早已經參與關稅暨貿易總協定 General Agreement on Tariffs and Trade（GATT）。回歸前承蒙中央的支持，在一九八六年香港正式成為 GATT 的單獨締約方，單獨關税區地位獲得保障。世界貿易組織 World Trade Organisation（WTO）在一九九五年成立時，香港便以單獨成員的身份，成為創始成員。

在港英年代，香港已以單獨成員身份參加很多容許以非國家為單位的國際組織，例如世界衛生組織 World Health Organisation（WHO）、亞太經合組織 Asia-Pacific Economic Cooperation（APEC）、太平洋經濟合作組織 Pacific Economic Cooperation Council（PECC）及亞洲生產力組織 Asian Productivity Organisation（APO）等。由此可見，香港在回歸前，在國際組織中有獨特角色。

《基本法》保障香港獨特的地位及經濟網絡

在起草《基本法》的過程中，中央政府已深深理解香港擁有十分重要的國際網絡和地位，於是透過《基本法》予以肯定及保留。

《基本法》第七章〈對外事務〉第一五二條訂明，「對以國家為單位參加的、同香港特別行政區有關的、適當領域的國際組織和國際會議，香港特別行政區政府可派遣代表作為中華人民共和國代表團的成員或以中央人民政府和上述有關國際組織或國際會議允許的身份參加，並以『中國香港』的名義發表意見」。其中一個重要組織便是國際貨幣基金組織 International Monetary Fund（IMF）。國際貨幣基金組織只容許國家參與，但由於香港擁有自家的貨幣及聯繫匯率，因此能以中國代表團的身份，以「中國香港」名義參加。

至於不以國家為單位參加的國際組織和國際會議，香港特區可以「中國香港」的名義參加，例如自行以正式成員身份參加世界貿易組織（WTO）、世界海關組織 World Customs Organisation（WCO）、亞太區經濟合作組織（APEC）及亞洲開發銀行 Asian Development Bank（ADB）等等。

憑着獨特的優勢，香港在回歸前曾經是世界第五大貿易體。香港分別於一九九四年及一九九五年開始參與總部位於巴黎的經濟合作暨發展組織 Organisation for Economic Co-operation and Development（OECD）下的貿易委員會和金融市場委員會，回歸後亦繼續以「中國香港」的名義參加，這點非常重要。OECD 可以說是二十國集團的智庫，很多稅務措施，例如稅基侵蝕與利潤移轉 Base Erosion and Profit Shifting（BEPS）等，都是由 OECD 制訂的，香港能夠參與其中，反映擁有一定的國際實力。目前，香港特區護照已獲一百六十八個國家賦予免簽安排。

除《基本法》第一五二條外，亦有其他條文訂明香港的「對外事務」。第一五三條訂明「中央人民政府根據需要授權或協助香港特別行政區政府作出適當安排，使其他有關國際協議適用於香港特別行政區」。而《基本法》第一五四條訂明，「香港特區政府獲授權簽發其他旅行證件。除香港特區護照外，入境事務處簽發的旅行證件還包括身份證明書和簽證身份書」。

《基本法》第一五六條訂明，「香港特區可以根據需要在外國設立官方或半官方的經濟和貿易機構」。目前，商務及經濟發展局轄下擁有十四個海外經濟貿易辦事處，覆蓋範圍包括紐約、華盛頓、多倫多、三藩市、柏林、倫敦、布魯塞爾、日內瓦、迪拜、曼谷、雅加達、新加坡、東京及悉尼，涵蓋北美洲、歐洲、中東及亞太區，這些辦事處對於香港鞏固其海外經貿網絡發揮着重要作用。

此外，香港獨特的地理環境及歷史背景，亦造就了龐大的海外華僑網絡。香港有很多海外華僑聚居，加上有不少東南亞的商界翹楚都是來自廣東及福建等地，使香港與菲律賓、印尼及星馬泰等地的華人有緊密的聯繫，也正因如此，香港能配合國家推動「一帶一路」及海上絲綢之路的發展。

《十四五規劃》充份肯定香港的國際地位

香港擁有獨特的國際地位及網絡，人才具國際視野，了解西方的制度及文化，善於與世界各地的人士交流，不論是在商務抑或文化方面，我們都可以協助國家拓展網絡。

在《十四五規劃》中，中央大力支持香港，致力打造香港成為八大國際中心，包括：國際金融中心、國際創新科技中心、亞太區國際法律及解決爭議服務中心、國際航空樞紐、國際貿易中心、國際航運中心、區域知識產權貿易中心及中外文化藝術交流中心。由此可見，中央十分認同香港在這些方面的成就。

展望將來，香港依然擁有獨特的國際地位，在八大領域中，除鞏固傳統優勢，提升香港國際金融中心的地位，及繼續提升國際航運、貿易及法律地位外，我們將再創新優勢，大力建設創新科技中心，及發展文化藝術交流中心、知識產權的貿易中心和鞏固國際航空樞紐地位，香港未來的發展前景將會非常光明。

發揮區域優勢　説好香港故事

我理解香港嚴厲的檢疫措施影響不少家庭及企業，但是我希望港人明白，特區政府已十分努力做好防疫檢疫工作，以滿足內地的通關要求，希望香港可盡快與內地通關，港人亦可盡快恢復外遊。

長遠而言，我建議特區政府從以下七大方向做起，提升香港的國際地位，讓香港發揮內循環及外循環的優勢：

一、持續優化基建設施，更好地與大灣區城市合作，發揮香港獨特的區域優勢。隨着出口量下降，特區政府應與內地其他港口協調，及應盡快研究重置葵涌貨櫃碼頭，釋放土地作其他發展用途。

二、提升港人的英語及普通話水平，以持續有效地成為國家及世界各地的溝通橋樑。

三、加深理解國際形勢及發展，同時保持香港開放、多元的包容文化，讓香港好好發揮國際文化交流中心的角色。

四、善用海外經濟貿易辦事處，拓展香港對外的商業關係及人際網絡。

五、廣泛招攬及培育人才，向國際說好中國及香港故事，糾正西方傳媒對國家及香港的不實報道。

六、增加特區政府官員在內地政府部門、中國駐外辦事處及國際組織的調派機會，擴闊官員視野，長遠而言有助提升施政效能。

七、充份利用港人與海外華僑的龐大商貿網絡，讓香港在「一帶一路」的發展中擔當積極活躍的角色。

二〇二一年第七屆立法會選舉競選政綱

如何處理BNO移英港人國籍問題

移民、移居、BNO、雙重國籍等議題久不久又會熱起來。英國政府於二〇二一年推出BNO「5+1」移民新路徑後，英國外交部向國會提交的《二〇二一年七月一日至十二月三十一日半年度報告書》（The Six-Monthly Report on Hong Kong 1 July to 20 December 2021）指出，在二〇二一年一月三十一日至九月三十日期間，英國政府收到八萬八千八百宗BNO簽證申請，並且已批出七萬六千一百七十六宗。英方又於二〇二二年二月二十四日公佈放寬BNO簽證的申請資格，讓BNO持有人的子女可以獨立申請等等。前行政長官梁振英先生指那些持BNO移英的港人，不願交還特區護照或香港身份證，因此只是移居，並非移民。對於這些爭議，其實歷史早有答案。

歷史早有答案

八十年代初期，中英兩國開始就香港前途談判，就港人的國籍問題有深入討論。英國政府早在一九八一年已提出修改《英國國籍法》，列港人為英國屬土公民（British Dependent

Territories Citizen, BDTC），沒有英國居留權（Right of Abode in the United Kingdom）。對英國來說，一九九七年七月一日香港回歸中國後，這些因香港關係取得 BDTC 身份的港人，不可擁有英國屬土公民的身份（香港不再是英國屬土），但是英國政府仍然視他們為英籍，於是給予他們一個剩餘身份（residual status），即「英國國民（海外）（BNO）」。他們只可持有英國政府簽發的 BNO 身份旅遊證件，這身份不能傳給子女，在英國沒有居留權。

中方立場很清晰，香港是中國不可分割一部份，所有具中國血統在香港出生的都是中國公民；即使他們憑香港關係成為英國屬土公民，中方不承認他們是英籍。至於 BNO，中方只視之為旅遊證件。

這是中英雙方經過深刻討論後的折衷辦法。因此，《中英聯合聲明》的英方備忘錄第一節就列明，港人「從一九九七年七月一日起，不再是英國屬土公民，但將有資格保留某種適當地位（指 BNO），使其可繼續使用聯合王國政府簽發的護照，而不賦予在聯合王國的居留權」，第二節則是「在一九九七年七月一日或該日以後，任何人不得由於同香港的關係而取得英國屬土公民的地位。凡在一九九七年七月一日或該日以後出生者，不得取得第一節中所述的適當地位。」即是港人可取得新的「英國國民（海外）護照（BNO）」，但是只限一九九七年七月一日前出生的港人才有，該日之後出生的便沒有了。BNO 只是旅遊證件，持有人在英國沒有居留權、沒有居住工作的權利。

因此，當英國政府推出 BNO「5+1」新路徑（a bespoke immigration route），容許 BNO 持有人申請有效五年的英國簽證，住滿五年後可申請長期居留（indefinite leave to remain），住滿第六年可以登記成為英國公民，獲得居留權，英方已是違反了《中英聯合聲明》的英方備忘錄。而當英國政府進一步放寬計劃，讓 BNO 持有人的子女可以獨立申請，更是再度違反自己的承諾，而且做法挑釁，志在分化港人。

中國不承認雙重國籍

至於梁振英先生指持 BNO 移英的港人，不願交還特區護照或香港身份證，因此只是移居，並非移民。他沒有説錯，英國也好，其他國家也罷，移居港人一日「未唱國歌」、未正式加入或取得外國國籍，也未算是移民，沒有雙重國籍的問題。事實上有很多港人移居海外後，因為生活不適應等各種原因回流返港。

港人在外國定居後，自願加入或取得外國國籍，即所謂「唱了國歌」，就是移民，便需根據《中華人民共和國國籍法》第三條及第九條處理。這些條文規定：「中華人民共和國不承認中國公民具有雙重國籍」（第三條），和「定居外國的中國公民，自願加入或取得外國國籍的，即自動喪失中國國籍」（第九條）。

法律很清楚，中國不承認雙重國籍，但是怎樣執行？早有中國法律專家指出，「不承認」不等於「不存在」，取得外國國籍的途徑有很多，國家難以逐一稽查，加上歷年來中港澳台都有很多人移居海外，當中很多人持雙重國籍，若要嚴格執行第三條及第九條，想必影響深遠，因此素來是「隻眼開隻眼閉」。

不能一刀切處理 BNO 移英港人

我認為處理雙重國籍的問題必須小心衡量利弊，亦不能以「一刀切」的方式處理。持 BNO 移英的港人當中，也有很多是因為生活節奏、下一代教育等等非政治因素離港，因此不能一竹篙打一船人。

我們要針對處理的，是那些移英（或海外）後，持續勾結外國勢力、活躍於反中亂港活動、觸犯《港區國安法》的港人。他們持續污衊「一國兩制」，做出傷害國家傷害香港的行為，游說外國政要、國會議員制裁、傷害香港，或者持續推動港獨等等。例如已流亡英國的張崑陽，最近有報道指他與美國國務院高級官員會面，游說美國制裁香港的指定國安法官等等，這些行為已涉嫌觸犯《港區國安法》。這些人持續傷害國家和香港，自然不應該繼續擁有中國國籍以及香港居留權。

人大常委會可作「決定」

本來，根據《基本法》第二十四條第二款第一和二項的規定，以及人大常委會於一九九六年通過的「關於《中華人民共和國國籍法》在香港特別行政區實施的幾個問題的解釋」，在香港出生或曾經在香港通常居住連續七年以上，具有中國國籍的人，都是香港永久性居民，擁有香港居留權。他們持有外國護照只是旅旅證件，只要他們不向入境事務處申報國籍變更，他們仍然是中國公民，是香港永久性居民，擁有香港居留權。

但是若人大常委會作出新的「決定」，解釋如何執行《中華人民共和國國籍法》第九條，例如列出「負面清單」，聲明若這些人繼續從事反中亂港、危害國家安全的活動，他們取得外國國籍（含英國國籍），就會喪失中國國籍，不用申報國籍變更，即時喪失香港居留權。

根據《入境條例》，喪失了香港居留權的前永久性居民，仍會有入境權（Right to Land），他們可以進入香港居住、工作、經商、讀書，沒有任何逗留時間和條件限制。當然，特區政府亦可在人大常委會作出新的「決定」後，修訂《入境條例》，褫奪上述人士的入境權。若真是這樣做，這些「前港人」便只能像一般英國籍人士那樣，需申請簽證才能來港。

二〇二二年四月二十五日《經濟通》

第二章

推動良政善治

革新管治　迎接新時代

香港自古以來都是中國的一部份，而為了解決歷史遺留下來的問題，中央政府提出了「一國兩制」這偉大構想。《基本法》第五條清楚列明，「香港特別行政區不實行社會主義制度和政策，保持原有的資本主義制度和生活方式，五十年不變。」

部份港人對「五十年不變」有誤解，以為是把香港在政治經濟社會各方面的制度都「凍結」在一九九七年而一成不變。然而，當《基本法》保障港人「原有的資本主義制度和生活方式五十年不變」的同時，世界卻在快速變化、進步，數碼革命、資訊科技創新、互聯網飛速發展，改變了人類的工作和生活模式。而國家經濟的崛起，對香港的競爭力造成衝擊，讓港人感到迷惑。

過去，香港對於「變」與「不變」的真諦，未有準確掌握。我希望港人明白，香港的憲制地位已經改變，香港是中國的特別行政區，我們要在保有獨特的生活方式之餘，認清世界局勢，與時並進，「變」得更加融入國家的發展大局，與國家一起面對世界的挑戰與發展。

在這大前提下，我們應思考從多方面革新香港的管治，包括改組政府架構、改革公務員系統、開放問責制，以及改革公營機構等等。

一、改組政府架構　提升施政效能

國家主席習近平説「一國兩制」是有生命力的，政府架構在不同時期也會因應不同需要，不斷演變、更新，以提高政府的整體施政效能。例如在八十年代初，擔任布政司的夏鼎基便把工商署一拆三，分別成立海關、工業署及貿易署。又例如在二〇一五年才成功設立的創新及科技局，前身便經歷了資訊科技及廣播局、工商及科技局、商務及經濟發展局等演變。

我早在二〇一一年成立新民黨的時候，便提出了改組政府架構的建議，包括提出分拆運輸及房屋局、設立創新及科技局，及增設副司長等。

「運輸」及「房屋」兩個範疇都又大又複雜，處理的事務繁多，合於一局，職能過大，官員亦難以負荷。的而且確，近年香港在「運輸」及「房屋」兩方面的表現都不理想，反映分拆運房局有必要性。很欣慰來到今日，社會及各政黨對於分拆運房局已有共識。

分拆後，運輸局可專注做好交通運輸基建建設及管理工作，提升整體交通運輸服務的水平。此外，目前「土地」與「發展」已是一家，共屬發展局，而開發土地不單單只為興建房屋，還要提供其他設施，土地與發展關係密不可分，因此，我相信將來「土地」與「發展」仍然會共屬一局。那邊廂，則不排除「房屋」會獨立成為一個政策局，專注增加房屋供應。無論如何，我認為下屆政府應盡快討論及落實最具效能的重組方案。

我亦多番公開發言及撰文，支持成立文化、體育及旅遊局，讓這三個範疇互相拉動，優勢互補。例如體育盛事與文藝活動、創意產業有機結合，同時帶來遊旅收益，亦向世界展示香港在這幾方面的軟實力。

不過，不論怎樣分拆、改組，其實成功關鍵在於人才。能找到具豐富經驗，在業界有江湖地位，同時要有一定的政務資歷，具高度政治手腕的人才，並不容易，更不能隨隨便便抓個人。我認為下屆政府必須加把勁，延攬精英專才。

二、改革公務員系統　留住人才

香港的公務員團隊一向以行政效率高見稱，當中政務官更是特區政府的管治核心團隊，政府不少複雜的政策制訂及法規草擬工作，例如較早前通過的選舉條例，或有關金融服務的條例草案，都是由「熟手」的政務官操刀。

以往，港英年代實行行政主導，香港很多重大決策（例如推動政制改革及宣佈香港為越南船民第一收容港）都是由英方決定，公務員執行。英方一直訓練公務員為執行者（doers），而非領導者（leaders），重視的是效率，而非創新。公務員漸漸養成只做份內事，少做少錯，不做不錯的心態，對國家的歸屬感更是淡薄。

時移世易，回歸後公務員團隊受到連番衝擊。議會內民粹之風日盛，議員動輒公開斥責公職人員，甚至要求下台；議會外市民亦批評政務官離地、僵化、避事、欠承擔；再加上問責制減低了資深政務官的重要性，這些都打擊了公務員的士氣。有報道指過去五個年度，特區政府流失了多名政務官，當中不乏具十多年經驗的資深政務官，他們離開「熱廚房」，或提早退休，或跳槽到公營機構擔任高職，影響了公務員團隊的傳承。

在面對全新的政治格局，我認為應從三方面改革公務員系統，提升士氣，留住人才：

1、加強公務員對國家的歸屬感

以往公務員欠缺與內地部門及官員接觸的經驗，不了解國情，不了解內地制度，對國家歸屬感淡薄，未能準確落實「一國兩制」，決策往往落後於形勢。因此，未來必須加強公務員對國家的認識及歸屬感，公務員宣誓是第一步，公務員學院有很多工作要做，任重道遠。

2、用人惟才　靈活升遷

公務員向來稱為「鐵飯碗」，長期聘用後難以「炒魷」，即使涉及行為不當或刑事犯罪，也需經過冗長的紀律程序才能將之解僱，升遷要考慮論資排輩。好處是安定，讓公務員無後顧之憂地工作，壞處自然是留住了表現平平的人士。

我認為要簡化公務員的升遷及處分解僱程序，加強公務員的問責性及上進心，讓有才能有潛質的公務員及早獲得擢升。

3、延長公務員退休年齡

公務員年屆指定的退休年齡便須退休。舊制是指二〇〇〇年六月以前聘用的公務員，文職人員的指定退休年齡是六十歲，紀律部隊則是五十五歲；後來特區政府引進改革，二〇〇〇年六月至二〇一五年六月前受聘的非長俸制文職公務員，可選擇延遲退休至六十五歲，紀律部隊可選擇延至六十歲退休；而二〇一五年六月後受聘的文職公務員和紀律部隊的指定退休年齡則分別是六十五歲和六十歲。

然而，隨着醫學的進步，大家都活得健康，壽命延長，大部份六十歲年齡段的公務員仍富有活力，而且他們累積了豐富的經驗、熟悉政府運作、辦事能力高，能帶領團隊好好發揮，就此退休非常浪費。

我認為特區政府應統一延長公務員服務年齡至六十五歲，以留住更多人才，讓資深公務員把寶貴的經驗傳承下去。

三、開放問責制　吸引專才

時任行政長官董建華於二〇〇二年實施主要官員問責制度（Principal Officials Accountability System），以外來專才補充政務官人才的不足。二〇〇八年，曾蔭權正式推行擴大問責制，設立副局長及局長政治助理。時至今日，問責制已推行了十七年，是時候全面檢視效能。

我認為問責制的關鍵在於是否找到精英專才擔任相關政策局的局長、副局長及政治助理，以和政務官互補。此外，大家應分清，副局長是政策局的第二把手，他理應能全盤掌握、了解及調度政策局內的工作，而政治助理則顧名思義是助理，主要工作是協助局長做好政治聯繫。政助的資歷及職級跟首長級官員相去甚遠，工作範圍也大相逕庭，因此，副局長不應是政助的升職位。

那麼，應怎樣優化主要官員問責制，才能讓各類人才累積更多經驗、有更大的發揮？我認為可以仿傚回歸前設立「開放首長級職位」（open directorate）的做法，例如在政策局內開設首長級 D2、D3 或 D4 的職位，讓有潛質有熱忱的政府以外人才，在局內磨練，若真的合適又累積了經驗，日後才考慮擢升為副局長甚至局長，這樣才是真正擴大特區政府的人才庫。

此外，為應對特區政府日益龐大的政策局架構，以及應對未來「北部都會區」及「明日大嶼願景」的發展，我支持開設一個副司長職位，協助政務司長分掌及協調政策局的工作。不過，關鍵是能否找到適當的人才。

四、加強監管公營機構

除了三司十三局，特區政府還成立了很多非政府公營機構（non-government public bodies），當中有些是根據特定法例成立的法定權力機構（statutory authority）。這些非政府公營機構都是因應特定的社會需要而成立，有特定功能，或提供特定範疇的服務，以補充政策局的不足，例如房委會、醫管局、貿發局、機管局、生產力促進局、港鐵公司等等。

公營機構的董事局成員由行政長官委任，當中必然包括特區政府主要官員。相關條例也有列明行政長官可以向該公營機構董事局發出指示，而該董事局必須遵守。這些安排的原意是讓特區政府掌握主導及控制權，帶領這些公營機構發揮效能。可是，近年這些公營機構的發展衍生了不少問題，引起社會關注：

1、機構過於龐大，業務發展因「逐利」，脫離初心，例如港鐵公司本應集中興建及提供鐵路服務，如今卻更積極地往地產界發展。

2、獲委任擔任公營機構董事會董事的，都是社會賢達、業界翹楚，他們義務為社會服務，貢獻有目共睹。可是很多「公職王」一身兼很多職，實在難以兼顧。

3、雖然公營機構的董事會有特區政府的主要官員坐鎮，可是礙於時間、缺乏商業知識和經驗，官員往往未能發揮應有的主導作用，難以駕馭公營機構的運作。

舉例說，於二〇〇八年根據《西九文化區管理局條例》成立的西九文化區管理局，至今已十三年，西九文化區管理局的管理層頻頻地震，三任行政總裁均是上任短時間便離職，首席財務總監、表演藝術總監及首席工程總監亦在短時間內相繼離任。而西九文化區多年來項目超支、工程延誤、承建商財困、戲曲中心設計離地等新聞更是不絕於耳。

總結而言，我將推動特區政府研究，如何加強主要官員在公營機構的角色，加強監察及控制公營機構的表現，確保在指定範疇內提供服務、專注發展，避免它們發展成過於龐大、難以駕馭或偏離初心的機構。

五、重設中央政策組　加強政府政策研究能力

不論中央或外國政府均非常重視政策研究，安排政府以外人士以獨立客觀的角度（outside view）檢視現行政策，透過與學者及專家的交流，為政府注入新的思維，新的動力。

回顧港英年代，當時政府缺乏政策研究的能力，各政策科主要處理份內事及日常工作。

直至一九八九年，時任港督衛奕信設立中央政策組，由資深傳媒人顧汝德（Leo Goodstadt）擔任首席顧問。回歸後，首任行政長官董建華亦非常重視政策研究的工作，於是續設中策組。這些年來，中策組的角色隨着行政長官的要求而演變，但萬變不離其宗，主要是分析重大政策議題、做民意調查，為政府最高層提供獨立和不同的意見、分析及評估社情民意。

歷任中策組首席顧問及三位顧問均是非公務員職位，大多由德高望重的學者或具深厚政策研究背景的人士擔任，例如顧汝德、鄭維健博士、劉兆佳教授及邵善波等。此外，會因應需要設多名兼職顧問及各類小組。原意是讓政府透過這些政府以外人士，擴大網絡，接觸中外學者，甚至包括溫和泛民等人士，聽取各種不同的意見，意義及實際效用重大。政府也可透過他們邀請中外學者來港演講，交流分享各種世界新大勢、新思維，例如有美國史丹福大學的學者建議做慎思民調（deliberative polling）來真正量度民意。

可惜，來到本屆政府，行政長官廢除了中策組，轉而成立了政策創新與統籌辦事處。創新辦總監（原首席顧問）可由公務員或非公務員擔任，三位副總監（原顧問）及四名助理總監則必須由政務官出任，領導層公務員化直接削弱了學者及不同意見人士的參政機會。不設兼職顧問、不設小組則收窄了特區政府收集多元意見的溝通渠道，十分可惜。

在市民眼裏，創新辦表現可謂乏善可陳。據知在二〇一九年黑暴期間，創新辦是首個在辦公室裏設立連儂牆的部門，據聞甚至有成員要求行政長官下台！創新辦成員薪高但沒作為，近年離職者甚多。

我認為下屆特區政府應效法內地部門，重設中策組，即在政府內重置「大腦」，加強政策研究的工作，加強與本地、國內外智庫、學者、專家的往來交流，擴闊特區政府的視野及策略性思維，協助特區政府施政。

問責制要找對的人

李慧琼議員在立法會會議上提出一項「改革主要官員問責制」議案辯論（二〇二一年六月二十三日），指「主要官員問責制推行至今已逾十八年，並未能充份達致其目的」，因此「促請政府因應最新形勢，積極求變，檢討主要官員問責制，以提升治理水平」。麥美娟議員提出了修正議案，要求「分拆或合併部份現任主要官員的職權，將現時房屋、發展、運輸及環境政策範疇重組為房屋及發展局、交通運輸局、環境及工務局，以及成立文化及體育局……」麥美娟議員的修正案其實是提倡重組政策局，因此不獲通過；李慧琼議員的原議案則獲得通過。

會議當日很多議員踴躍發言，勾起我很多回憶，我在回歸後親歷及目睹主要官員問責制十多年來的演變，有不少想法，值得和大家分享。

可補政務官人才的不足

當年行政長官董建華在二〇〇二年推行問責制，無非是為了建立自己在政府內的班子，做法無可厚非。再者，當時的主要官員來源主要是政務官，他們熟悉政府運作、辦事能力高，但是缺乏商界及市場經驗，金融、科技專才更是欠奉；因此，董建華引入了金融精英梁錦松做財政司長、楊永強醫生做衛生福利及食物局局長、環境顧問廖秀冬做環境運輸及工務局局長，都可補政務官人才的不足，是正確的選擇。

換句話說，要有效發揮問責制的優點，就要找對的人做對的範疇。舉例說若找我這個非醫療專才去做食衛局局長，便是找錯人了。

除了專業背景及能力、在業界有江湖地位，我認為人選還要對政府工作充滿熱忱，誠心服務香港，願意為落實「一國兩制」有所承擔才可。若只視主要官員的工作是份賺取厚祿的筍工，抱歉，那絕非適當的人選。

副局長並非「紅褲子」出身

後來，主要官員的工作愈來愈繁忙，立法會對局長的要求也愈來愈高。局長經常要到立法會發言，解釋政策、拉票等等，再加上要出席很多會議、活動、典禮，有時實在分身乏術。曾蔭權擔任行政長官期間，於二〇〇八年推行擴大問責制，增設副局長及政治助理，讓副局長分擔局長的工作，概念上合情合理。

這令我想起回歸前，是由資深政務官擔當類似副局長的工作的，俗稱「大寶」，首長級D4級官員屬senior deputy，D3級的則屬junior deputy。例如九十年代我在工商司工作，出任副工商司，便是工商司周德熙的「大寶」，即是他的副手。那時候工商司經常要往海外工作，四處奔波，進行談判、游說等，大部份時間也不在香港，「大寶」副工商司除了要向各經貿辦發出談判指引，更需全面管理部門運作，包括分配資源、安排人事、制訂政策等等，鉅細無遺，必須全面掌握。

可是，今日大部份副局長都不是「紅褲子」出身，毫無政府經驗，對局內運作不熟悉，有些更欠缺相關專業背景，入職後只能分擔部份工作，例如負責個別「計劃」或「專案」，未能全盤掌控局內狀況，能否真正做到局內的第二把手，頓成疑問。

誠然，時移世易，我們不能以當日「大寶」的標準來要求今天的副局長，不過，我仍然認為局長或副局長至少需有相關的專業背景或公共行政經驗，才能有效發揮其職能。

政助表現參差　局長責無旁貸

至於政治助理，當初最為人詬病的莫過於過高的薪酬。後來，議員及傳媒朋友關注他們的職責及表現。顧名思義，政治助理理應主理政治工作，即是作為局長的心戰室，協助局長爭取民意民心，例如如何善用社交媒體、適當地落區接觸市民等等。不過，目前政助的主要工作似乎是聯絡政黨和議員。

這些年來，大部份的政治助理都是政府的過客，鮮有讓公眾留下深刻印象，而且表現參差。當中，財政司政助何翠萍和環境局政助區詠芷表現不俗，但也有像財經事務及庫務局過去兩位政助那樣，極少來立法會，極少和議員打交道或拉票的。前局長曾解釋其政助的主要工作是資料搜集及撰寫講稿，我認為那並非政助的工作，不如另聘資料搜集員或撰稿員好了。果不其然，該兩位政助都先後離職了。

不過，我認為政助表現不佳的話，其局長可謂責無旁貸。作為頂頭上司，局長是絕對有責任發掘下屬的才能，培訓、引導下屬好好發揮的，這樣政助才能名副其實地成為局長的「政治助理」。

副局長不應是政助的升職位

此外，問責制的另一個爭議點是，副局長是政助的升職位嗎？

雖然過往有陳岳鵬、陳百里及徐英偉等由政助升官至副局長甚至局長的例子，但我認為副局長不應是政助的升職位，傳媒及公眾也不應有這錯覺。

道理很簡單，副局長是政策局的第二把交椅，理應像上文所說的「大寶」那樣，能鉅細無遺地掌握及管理整個政策局，並且深入參與制訂政策。相對地，政助的資歷及職級跟首長級官員相去甚遠，工作範圍也大相逕庭，因此並非相應的升遷路徑，揠苗助長可能適得其反。

仿傚回歸前設立「開放首長級職位」

那麼，應怎樣優化主要官員問責制，才能讓各類人才累積更多經驗、有更大的發揮？我認為可以仿傚回歸前設立「開放首長級職位」（open directorate）的做法，例如在政策局內開設首長級 D2 的職位，讓有潛質有熱忱的政助、人才在局內磨練，若真的合適又累積了經驗，日後才考慮擢升為副局長甚至局長，這樣才是真正擴大特區政府的人才庫。

二〇二一年六月三十日《經濟通》

政務官逃亡潮　政府能否轉危為機

久不久便有傳媒報道政務官（AO）「逃亡潮」，例如有報道指，二〇二〇年至二〇二一年度有三十六名政務官離職，創近年新高；若計及過去五個年度，即二〇一六年至二〇一七年度，直至二〇二〇年至二〇二一年度，更已流失了一百一十六名政務官，當中五十人是退休，情況值得關注。

流失資深政務官影響政府表現

政務官是特區政府的管治核心團隊，政府不少複雜的政策制訂及法規草擬工作，例如較早前通過的選舉條例，或有關金融服務的條例草案，都是由「熟手」的政務官操刀，可見大量政務官流失絕非好事。對於這個問題，我在立法會公務員及資助機構員工事務委員會曾多次提問，特區政府每次回覆都大耍太極，說甚麼人手自然流失不是問題，招聘反應相當不俗云云。

政務官的起薪點超高，達五萬五千九百九十五元，正所謂薪高糧準，對年輕畢業生的確有很大吸引力，但是新入職政務官又怎能代替離職的資深政務官？這些做了十年以上的政務官，累積了足夠的政府經驗，甚至已經是首長級，他們離開特區政府，在各類公營非政府機構或商會都十分吃香，而且薪酬可以再翻一翻，又可避過「熱廚房」的政治壓力。因此，特區政府心知肚明，資深政務官跳船，對於政務官職系的傳承甚至特區政府的整體表現，不無影響。

一直以來，政務官這群天子門生、精英官員，享受高薪厚祿，努力工作，生活優渥，大部份家庭美滿，子女讀名校，代表典型的中產價值。可是，社會漸漸對政務官累積不滿，會覺得他們表現不濟，甚至離地。一些由政務官領導的政府部門遭人詬病，例如市容、街道衛生愈來愈差，鼠患愈來愈嚴重，食環署便首當其衝，屢遭指摘捕鼠不力；地政署也遭質疑，沒有對非法霸佔土地的個案執法。事實上，這些問題都直接影響民生，政務官領導不力，難免惹市民不滿。

問責官員中僅四人政務官出身

有建制派認為，政務官缺乏承擔，例如有選舉主任處理參選人選舉資格時，因受到壓力而未能履行職務，予人避事之嫌；也有指不少資深政務官不看好官場前景，或者對複雜的政治環境感到無力，有些拒絕出任問責官員，甚至提早退休離開，或會讓人覺得政務官只求獨善其身，沒有勇氣繼續為特區政府、為「一國兩制」拼搏。目前三司十三局中，只有教育局局長楊潤雄、發展局局長黃偉綸、公務員事務局局長聶德權及商經局局長邱騰華四人是政務官出身，比例頗低。

政務官還有一個心魔，就是「政治中立」的緊箍咒揮之不去。回顧歷史，香港回歸前，英方（尤其是末代港督彭定康治下）覺得將自己一手訓練的官員，特別是政務官及警隊交給中國，心中憤憤不平，於是不斷灌輸「政治中立」、「三權分立」、「不做政治工具」這些觀念，企圖減低政務官及警隊回歸後和中央政府合作的意願。所以在一九九七年回歸時，有些官員安然接受轉變的事實，也有官員接受不了，淚如雨下，下堂求去。

我特別記得，當時在工商科工作，協助政府高層赴美游説延續「貿易最惠國待遇」，彭定康不斷提醒我們「不要為中國講説話」（don't be apologists for China）。英方心態，可見一斑。

「政治中立」如緊箍咒　根深柢固

回歸二十四年後的今天，「政治中立」、「三權分立」、「不做政治工具」的觀念仍根深柢固。在當前的政局下，若政務官不甩掉這些想法，便難與中央及特區政府繼續攜手前行。

此外，我記得回歸前，政務官深知自己的薪酬比內地官員高得多，便有點擔心中央政府會否覺得政務官薪酬過高，物非所值。猶幸當時中央政府非常積極爭取政務官支持，時任新華社社長周南積極約晤政務官，游説他們回歸後留任。不過，此一時彼一時，今時今日，中央政府對政務官的評價如何？仍然覺得政務官是百裏挑一的精英？抑或會認為他們為官避事、知難就退？

政黨向政府輸出人才成趨勢

歷屆政府也有向政黨招攬人才，可見政黨向特區政府輸出人才已是不可逆轉的趨勢。只是，隨着不斷有資深政務官離職，填補的人才追不上空缺，今後政務官體系會有何改變？

香港政制會否變得美國化，把愈來愈多高層職位改為政治任命？美國政府的政治任命職位相當多，每位總統上台動輒轉換數千人，造成空缺多、人才少的問題，而且太多政治委任職位，會打擊專業技術官員的士氣。最近便有報道指，美國國務院有三分之一的外交官想跳船。

說回香港，究竟政務官離職潮會帶來甚麼衝擊及挑戰？特區政府會趁機優化政務官制度，轉危為機，提升管治效能？抑或任由政務官體系崩壞下去？

二〇二一年八月四日《香港經濟日報》

抓緊文化、體育及旅遊局

行政長官林鄭月娥出席《施政報告》公眾諮詢會（二〇二一年九月十二日）時回應市民提問，説新一份的《施政報告》不能迴避政府改組，又稱將大膽、大刀闊斧地研究，有共識成立專門政策局推動文化工作。同時亦有傳媒預測（《香港01》二〇二一年九月二十一日），《施政報告》將把政府架構由「三司十三局」擴大至「三司十五局」，當中包括分拆運輸及房屋局。

新民黨二〇一一年最早提倡政府改組

事實上，最早提出政府改組建議的是我及新民黨。我在二〇一一年創立新民黨時已召開了「政府架構重組建議書發佈會」（二〇一一年六月二十六日），提出多項政府改組建議，包括分拆運輸及房屋局為「運輸及工務局」和「土地房屋及發展局」、成立創新及科技局等等。其時，擔任新民黨顧問的羅范椒芬積極參與相關討論。後來，羅范椒芬辭任新民黨顧問，改任梁振英競選辦公室主任。梁振英甫上台即推政府改組為「五司十四局」，包括增設文化局，羅范椒芬還親自來立法會游説議員。可惜改組建議引起反對派議員反彈，未獲立法會通過；連帶創新及科技局也要拖至二〇一五年才得以通過成立。

多年來，我多次公開及撰文提倡政府改組，行政長官林鄭月娥在二〇一八年的《施政報告》中認同「運房局工作太重」，但是又表示「暫時完全沒有這個（改組）計劃」（《香港經濟日報》二〇一八年七月三日），兜兜轉轉來到二〇二一年才有點眉目，希望今次真能成事。

文化局範疇單一規模太細

除了分拆運房局，成立文化局也是討論焦點。根據特區政府的數據，文化及創意產業的增加價值，只佔二〇一九年本地生產總值的百分之四點二。我同意馬逢國立法會議員所説，純粹成立一個文化局的話，範疇單一，規模太細，難以發揮作用。

先説負責範疇，文化局可包括（但不限於）現在民政事務局旗下的文化藝術事務，例如藝術中心資助的九大藝團，以及商務經濟局轄下的創意香港、香港設計中心、創意智優計劃等等，當中包括廣告、建築、設計、數碼娛樂、電影、音樂、印刷及出版，以及電視等八大創意產業。

二〇二一年至二〇二二年度，撇除基本建設工程開支，特區政府在文化藝術提供的資源為五十七億元（不包括藝術及體育發展基金（藝術部份）及粵劇發展基金），即使將現時商務及經濟發展局下廣播及創意產業下每年約六億元預算（開支包括電影發展基金和創意智優計劃）全數撥入，計及約三億元的非經常性開支，雜雜碎碎加起來不到八十億元的預算，即使計及其他相關基金撥款仍不會太多，相比起勞福局的一千億、食衛局的八百五十億、教育局的七百六十億，文化局將只是個蚊型政策局，資源非常少，在特區政府的地位很低，將難以發揮作用。

文化、體育及旅遊互相拉動

馬逢國議員提倡新的政策局，應包攬文化、體育及旅遊，我十分認同。這樣可以讓新的政策局具備一定規模，三個範疇互相拉動，整體發展會更好。

體育方面不用多說，香港隊在奧運及全運會大放異彩，港人廣泛支持，反映特區政府「體育精英化、普及化、盛事化」的政策已見成效，特區政府自從二〇一七年起已投放了六百億元體育新資源，二〇二一年至二〇二二年度的預算開支為六十五億七千萬元。將體育納入這個新的政策局，把體育盛事化、「M」品牌計劃與文藝活動、創意產業有機結合，我認為方向正確。

至於旅遊和文化體育更是環環相扣，相輔相成。例如「M」品牌計劃、體育盛事配對資助計劃資助渣打香港馬拉松、FIVB 世界女排聯賽、香港國際七人欖球賽等國際賽事在香港舉辦，便同時帶來大量運動員、旅客及旅遊收益。

文藝景點推動旅遊

回歸初期，社會上有意見認為香港缺乏大型新景點，難以吸引更多旅客，向特區政府建議打造全新的文化區，把香港發展為亞洲文化藝術中心。董建華於一九九八年提出「西九龍文娛藝術區」計劃，曾蔭權上台後把「西九文化區」正式列入《十大建設計劃》（二〇〇七年《施政報告》）。繼戲曲中心於二〇一九年開幕，M＋博物館及香港故宮文化博物館陸續面世。

此外，香港幾個本土活化計劃也頗成功，例如活化舊中區警署的大館、由一九五〇年代舊紡織廠改建而成的 The Mills 南豐紗廠、前身為荷李活道已婚警察宿舍的 PMQ 元創方，以及在八月二十三日開幕的中環街市等等。這些活化景點都保留了建築本身的歷史特色，同時注入現代活力，變身成餐飲、零售或文化活動場地。雖然目前受制於疫情，暫時難以引入外地旅客，但是很受港人歡迎，早前我參觀中環街市，真是人頭湧湧，相信對推動本地經濟有一定作用。待將來恢復國際往來，再配合宣傳，相信西九文化區及這些活化景點都能為香港帶來旅遊收益。

新政策局多重挑戰

不過，即使特區政府成功設立文化、體育及旅遊局，並非表示這幾個範疇面對的困境就迎刃而解，相反，這個政策局將面臨各種挑戰。

首先，設立了政策局，特區政府便得投放相應的資源，屆時便會引來業界名正言順地向特區政府要求幫助、支援、資源、撥款，以及要求政策向他們傾斜。下一個問題便是監察，特區政府投放的資源是否有效、到位？有沒有浪費公帑？花了的錢能否達到政策目標等等。其實很少產業是單靠政府支持便能成功的，例如創新科技便不是靠政府支持而一蹴而就，美國矽谷便是靠大學的基礎研究、靠有多項配套包括有創新能力的企業家才能發展的。

文藝創作難以規範

第二，文化藝術本身往往涉及創作者的價值觀，有時難免會帶點反叛，會反思當代社會面貌或制度，亦可能挑戰建制秩序或道德價值。很多驚世作品，在當代未必為世所容，中國四大奇書之一的《金瓶梅》，以前便是禁書。換句話説，文藝創作難以用單一標準衡量，假如文化局進行規管，會不會引起反彈？

發展中外文化藝術交流中心

第三，中央政府《十四五規劃》首次提出對香港在四個新興領域的支持，當中包括「發展中外文化藝術交流中心」。政制及內地事務局局長曾國衞於七月十四日的立法會會議回覆議員提問時，提到特區政府將「繼續通過不同類型的文化藝術活動加強香港居民對國家的向心力之餘，向世界展現中華文化的軟實力，發揮香港東西文化薈萃的優勢，積極『引進來，帶出去』，致力把香港發展為世界各地文化藝術組織和機構交流及合作的中心。」

現實真是這樣簡單嗎？例如西方覺得艾未未舉中指是藝術、覺得演員在舞台上作全裸或露骨演出是藝術、描寫同性愛戀是藝術，沒甚麼問題也不是禁忌，但是這些來到香港便未必被接受，甚至會有衛道之士大力抗議。那麼，這個新的政策局要怎樣推動中外文化藝術交流，才能達到「引進來，帶出去」，是衝擊還是碰撞？界線在哪裏？

隨便抓個人做局長？

最後，正如上文所指，文化藝術本身便帶有政治敏感性，當文化、體育及旅遊局局長的人，不單需要具備這三個範疇的經驗和人脈，有一定的政務資歷，更需要相當的江湖地位及高度的政治手腕才能讓人信服。特區政府能抓對人嗎？抑或隨隨便便抓個人？我們拭目以待。

二〇二一年九月二十四日《經濟通》

遲了十年的政府改組

醞釀良久的政府改組，終於有點眉目，行政長官在第七屆立法會首次答問大會（二〇二三年一月十二日）上宣佈了相關建議，包括增設文化體育及旅遊局；分拆運輸及房屋局為運輸及物流局、房屋局；食衛局改組為醫務衛生局、民政事務局重組為民政及青年事務局、創新及科技局改名為創新科技及工業局、環境局擴大為環境及生態局等，即是把目前十三個政策局增至十五個，其中九個政策局撥歸政務司司長，六個政策局則撥歸財政司司長，同時建議增設一位副司長。由於這是屬於大規模政府架構重組，不是一時三刻能成事，而現屆政府只餘下不足半年任期，行政長官指新建議會交由三月產生的候任行政長官考慮採用，並在本屆任期完成前、六月初完成所有相關修例、審批程序。

新民黨十一年前已提改組

政府政策局的分工落後於社會發展，並非今天的事。而最早提出重組政府架構建議的，是我和新民黨。我在二〇一一年一月創立新民黨，並且在二〇一一年六月二十六日召開了

「政府架構重組建議書發佈會」，提出多項政府改組建議，包括：

（一）分拆運房局為運輸及工務局、土地房屋及發展局；

（二）成立創新及科技局；

（三）增設兩個副司長，協助司長處理統籌協調等工作；以及其他建議。

十一年來，社會環境不斷變遷，各政策局的發展未能發揮最大效能，我不斷向特區政府建言，亦多次撰文解釋倡議改組的細節，以利香港的長遠發展利益。記得二〇一八年，行政長官仍然堅稱「暫時完全沒有這個（改組）計劃」（《香港經濟日報》二〇一八年七月三日）。來到二〇二二年，很欣慰行政長官終於了解到重整政府架構的重要性，其建議方向亦與新民黨的倡議吻合，分拆運房局、增設文化體育及旅遊局等亦已於上屆立法會達成共識。

喜提創科與再工業化

成立創新及科技局是新民黨的倡議之一，因為香港在創科領域大大落後於內地及鄰近地區。香港自港英時代起一直奉行「小政府、大市場」的經濟政策，以賣地及轉口港貿易為主要收入來源，缺乏投資科技的誘因。五十年代，香港發展輕工業，製造業發展蓬勃令經濟持續暢旺，港府未意識到有推動創科發展的需要。

猶記得我出任工業署長時，「光纖之父」高錕教授帶領多位本地學者深入研究香港科技的未來發展方向，並於一九九一年出版 *Technology Road Maps for Hong Kong* 研究報告，指出香港有穩健的製造業基礎，但工資成本不斷上升，力陳「工業 2.0」（即轉型至以科技生產模式）是維持香港競爭力的出路。後來，工業署委託美國麻省理工學院（MIT）研究香港未來的工業發展定位，研究團隊於一九九七年將研究結果輯錄成 *Made By Hong Kong* 一書，指出在深入研究紡織、資訊科技及生物科技三大範疇後，得出傳統工業發展已不合時宜的結論，更指若香港要保住長遠競爭優勢，就必須轉型發展高科技工業，並支持本地大學培育更多科技專才。可惜港府當時未有落實上述兩項研究結果，亦一直沒有制訂長遠的科技政策，遑論成立政策局。

回歸後，首任特區行政長官董建華有意推動創新科技，並於一九九八年成立行政長官特設創新科技委員會。但是後來遇上亞洲金融風暴、禽流感、「沙士」等痛擊，特區政府即使有意推動創科，也無能為力。

二〇〇七年，時任行政長官曾蔭權更加「去科技化」，將工商及科技局改為商務及經濟發展局，令行政機關沒有專責處理創科事宜的專責人才。而且，當時他只依賴「自由行」及地產業振興經濟，整體拖慢了香港的創科及工業發展。因此，當創新及科技局終於二〇一五年成立時，香港的創科發展已然滯後了很多。

國家主席習近平在二〇一八年五月親自作出批示，強調要加強粵港兩地合作；《十四五規劃》堅持以創新驅動發展，而且資金可以「過河」，支持香港成為國際創新科技中心，因此，如今行政長官重新肯定再工業化的重要性，建議把創新及科技局改名為創新科技及工業局，我認為是切合國家發展大局，未來香港必須好好發展新田科技城，擴大現有河套港深創新及科技園，有利香港長遠發展。

運房局不得不拆

我一直認為運輸及房屋局範疇及責任過大，簡直萬千問題在一身，任何一位局長也無法同時完美處理運輸及房屋這兩大燙手山芋，結果必然「兩頭唔到岸」。特別是二〇〇七年，時任行政長官曾蔭權錯把航運及民航事務這經濟項目撥入運輸，當時航運業界便曾埋怨，指特區政府不應把航運和本地交通工具列為同類。自此之後，海陸空出事，都關運輸事，運房局需花大量氣力在運輸交通事務上，責任重大。而近年社會上接連發生的重大事故，都屬「運房局惹的禍」，包括最近疫情下國泰容許機組人員「客機去、貨機返」來避過檢疫，國泰機組人員在檢疫期間違規外出而引發第五波疫情，正好反映運房局力有不逮，未能有效監察或控制各公營機構的運作。

再數房屋那一塊，香港土地房屋供應嚴重短缺、樓價高企、公屋輪候時間過長、市民擠住「劏房」寮屋工廈，問題之嚴重，比運輸更甚。由此可見，把運輸及房屋兩大火頭集於一局，是何等超負荷，局長縱有三頭六臂亦難以兼顧。

鑑於交通運輸往往涉及大型基建工程，當年新民黨建議分拆運房局，成立運輸及工務局，一併管理運輸與工務；另方面則成立土地房屋及發展局，把土地、房屋及發展的職責撥歸同一政策局。

然而，時至今日，發展局本身的職能也十分龐大，包括推動例如新界東北發展區等多個新發展區，相信已不適合增加房屋事務，否則同樣超負荷。故此，我認為現在應回復回歸前的做法，另設房屋局，專責處理房屋問題，主力增加房屋供應，改善市民居住質素。我也認同把物流併入運輸，成立運輸及物流局。相信拆局後，局長各有專職，兩局也能更針對性地處理交通運輸及房屋問題。

文化旅遊體育三方拉動

我支持馬逢國議員的建議，成立文化體育及旅遊局，這樣可以讓新的政策局具備一定規模，三個範疇互相拉動，整體發展會更好，而這個建議在上屆立法會已有共識。

先說負責範疇，文化的部份可包括（但不限於）現在民政事務局旗下的文化藝術事務，例如藝術中心資助的九大藝團，以及廣告、建築、設計、數碼娛樂、電影、音樂、印刷及出版，以及電視等八大創意產業。

體育的部份則可把體育盛事化、「M」品牌計劃與文藝活動、創意產業有機結合，方向正確。同時，旅遊和文化體育環環相扣，相輔相成。同時帶來大量運動員、旅客及旅遊收益。香港幾個本土活化計劃也頗成功，例如活化舊中區警署的大館，以及中環街市，再加上西九文化區等等，這些景點在未來將為香港帶來旅遊收益。

此外，中央政府《十四五規劃》首次提出對香港在四個新興領域的支持，當中包括「發展中外文化藝術交流中心」，成立文化體育及旅遊局正好對正這個核心目標。

必須加強青年工作

多年來，特區政府的青年工作一直為人詬病，例如由富二代出任青年事務委員會主席而被指離地，本屆行政長官上任之初強調要與青年同行，惟二〇一九年黑暴期間卻有大量年輕人因反政府抗爭而被捕，反映特區政府的青年工作失敗，年輕人的國民身份認同、守法意識普遍薄弱。

而當民政事務局有關文化及體育的職能將撥調予文化體育及旅遊局，民政事務局將有餘裕增加其他工作內容，因此，我認同把民政事務局改組為民政及青年事務局，讓民政與青年工作有機結合，真正了解青年的所思所想與需要，未來才能真正與年輕人同行。

此外，有很多市民向我反映，很多地區已沒有區議員為他們服務，或者區議員政治掛帥卻對該區事務一無所知，市民感到無助。因此，新的民政及青年事務局必須多關注地區事務，改善地區民生，以補現時區議會的不足。

最重要還是人才

最後，我亦認同增設副司長職位，認為可提升各政策局之間的協調效能。如今在完善選舉制度下，立法會已重回正軌，社會氣氛亦有助推進政府改組的工作，然而今次的改組規模非常大，當中涉及修改法例、人事調動、增加編制等工作，未來特區政府必須積極向立法會各相關事務委員會及人事編制小組詳細介紹及解釋改組細節。

而除了架構上的改動，其實最重要還是人才。要找到具備適合經驗，有一定的政務資歷，熟悉政府程序及有高度政治手腕的人才出任改組後各政策局的局長、副局長、常秘，實在一點也不容易。

二〇二二年一月十七日《經濟通》

縮窄貧富差距　達致共同富裕

貧窮是香港社會長期關注的問題，董建華及梁振英兩位前行政長官便分別在二〇〇五年及二〇一二年成立扶貧委員會，立法會福利事務委員會亦於二〇〇九年就貧窮的定義做了研究（立法會CB（2）179/09-10（07）號文件）。文件指出，「貧窮的概念有不同的詮釋，林林總總的貧窮定義源自兩個主要學說，即絕對貧窮（absolute poverty）及相對貧窮（relative poverty）。」

絕對貧窮與相對貧窮

絕對貧窮主要是以一個人生存所需界定貧窮，即是先界定一個人生存的物質需要，政府制訂劃一標準，低於該標準即屬貧窮。中國和美國均是採用絕對貧窮的概念，劃定了貧窮線（poverty line），便能針對貧窮人口，精準扶貧。

相對貧窮則是以住戶收入中位數來理解貧窮情況，主要用作解讀收入差距，不能反映基層生活條件。時任政務司長林鄭月娥出任扶貧委員會主席時，倡導採用相對貧窮概念，訂定貧窮線（《施政報告》第一二二段）。扶貧委員會於二〇一三年公佈首條官方貧窮線，以每月住戶收入中位數的百分之五十定為貧窮線，若家庭收入低於貧窮線，便屬貧窮人口。

經濟下滑　貧窮人數更多

不過，相對貧窮線會因為市民整體收入增減而不斷浮動，若經濟持續增長，便會拉高住戶收入中位數，那麼位於相對貧窮線以下的人口，便有機會不減反增。香港近年便出現了這個情況，政府最新公佈的《二〇二〇年香港貧窮情況報告》顯示，在經濟下滑的情況下，「貧窮線」下調，但二〇二〇年貧窮人口達一百六十五萬三千人，按年大增十六萬二千人，貧窮率百分之二十三點六，為有史以來最高。政策介入後，貧窮率減至百分之七點九，貧窮人口減至五十五萬四千人。但多名學者均指出，政府透過經常性或非經常性福利措施介入後計算貧窮情況不夠精準，扶貧成效不彰。

香港「愈扶愈貧」

二〇二一年九月八日，我在立法會向行政長官提問：「請問行政長官在未來有甚麼策略，令到我們的社會和市民可以共同富裕，縮窄貧富差距？」

當時行政長官回答指香港作為外放型、開放及資本主義的社會，難以期望沒有貧富差距的存在。香港的貧窮線是相對的貧窮，並不是一條絕對的貧窮線。而特區政府的政策，第一是經濟發展，第二方面就是「補底」，要不斷按照整體的經濟狀況，為市民提供最多的保障。

行政長官主打「補底」的措施也反映在最新一份《施政報告》內，「用於社會福利的經常開支由二〇一七年至二〇一八年度的六百五十三億元，大幅上升至二〇二一年至二〇二二年度的一千零五十七億元，四年間增幅達百分之六十二，且成為開支最龐大的政策範疇，佔約兩成」（第一二〇段），「過去幾年大幅改善現金福利，推出高額長者生活津貼（長生津），大幅增加在職家庭津貼（職津）計劃的金額和放寬申請資格，大幅增加租金津貼及放寬多項特別津貼資格等」（第一二二段）。

提高福利開支不一定能有效扶貧。若不改變對貧窮及扶貧的定義，在相對貧窮的概念下，即使特區政府投放再多的資源作福利開支，也難以判斷最需要幫助的極端貧窮人口，例如「公共交通費用補貼計劃」，不設資產審查，每年開支約二十億元，補貼變相進入公營運輸公司口袋，與精準扶貧相距甚遠。不斷以政府開支去補貼，並不能提升貧窮人口的就業技能及收入，實現脱貧，遑論整體減貧，故扶貧不能只靠「補底」方式。

我同意經濟學者雷鼎鳴教授所指，授人以魚，不如授人以漁。即是與其將魚送給人，不如教人捕魚。特區政府應透過經濟手段，推動經濟升級轉型，才是真正有效的扶貧。

國家打贏「脱貧攻堅戰」

和香港的做法不同，中國採用絕對貧窮線。國家主席習近平在二〇一五年時指出，按照中國的標準，國內有七千萬人沒有脱貧，若按照聯合國的標準，中國則有二億人生活在貧困線以下。因此，國家以二〇一五年《十三五規劃》為起點，展開「脱貧攻堅戰」，找出貧困縣貧困村，精準扶貧，並且在二〇二〇年末宣佈，八百三十二個國家級貧困縣、九千八百九十九萬農村貧困人口全部脱貧。國家打贏「脱貧攻堅戰」，全面建成小康社會，便是為促進共同富裕創造了良好條件。

共同富裕並非新概念

事實上，共同富裕並不是新的概念，國家領導人一脈相承地先後強調共同富裕的定義及重要性。共同富裕強調以人民為中心，推動高質量發展，促進社會公平正義。

已故國家領導人鄧小平在八十年代多次為共同富裕下定義，包括「共同富裕不是兩極分化，我們提倡一部份地區先富裕起來，是為了激勵和帶動其他地區也富裕起來」，「共同富裕是分階段的，而非同步富裕」，即不是平均主義，不是平均分配，不是大鍋飯，「農村、城市都要容許一部份人先富起來，勤勞致富是正當的」，還有「共同富裕是物質和精神富裕相統一的」。

共同富裕實現社會和諧

國家主席習近平更把共同富裕列入「習近平思想」的「八個明確」之中，明確指出「必須堅持以人民為中心的發展思想，不斷促進人的全面發展，全體人民共同富裕」，「共同富裕是中國式現化代的重要特徵」，「是人民物質生活和精神都富裕」，「不是少數人的富裕，也不是整齊劃一的平均主義」。

習近平主席在二〇二一年八月十七日的中央財經委員會第十次會議上，提到「現在已經到了紮實推動共同富裕的歷史階段」，「必須把促進全體人民共同富裕作為為人民謀幸福的着力點，實現社會和諧安定」。

改變扶貧策略　擴闊產業結構

我認為上述有關共同富裕的理念及目標，放諸香港也準。而在實踐方面，在「一國兩制」下，香港要實現共同富裕，需要由特區政府積極探索，作制度創新。特區政府應根據以下方向深入研究扶貧策略：

一、根據絕對貧窮概念，重新訂定貧窮的定義，重新計算貧窮人口；找到最需要幫助的極端貧窮人口組群，以針對性措施，精準扶貧。

二、修正依賴「補底」、補貼的扶貧手段，重新訂定，以「授人以漁」為目標。

三、推動經濟發展，擴闊產業結構，創造更多工種、更多職位，推動職業培訓及技術提升，讓不同志趣不同能力的人均有出路，能憑自身努力脱貧。

四、改變社會的價值觀，讓社會明白機會均等（equality of opportunity）的重要性，人人均有機會發揮所長，促進向上流動，增加從積極工作得到的滿足感及成就感，達致共同富裕。

二〇二一年第七屆立法會選舉競選政綱

調節「高地價」政策　加快開發土地

雖然特區政府不承認，但是眾所周知，其實自開埠以來，政府都是憑「高地價」政策去維持豐厚稅收及支付發展開支。事實上，特區政府作為最大的地主，有否積極開發土地資源，每年撥多少幅地皮來拍賣，都會影響土地供應及價格。換句話說，地價高低是由特區政府決定的，而基於庫房收入的考慮，特區政府是不會輕易放棄「高地價」政策的。

回歸後，特區政府在開發土地的工作上並不理想。二〇〇二年，特區政府透過「孫九招」減少土地供應來應對樓市衝擊，其中便包括取消拍賣土地。曾蔭權做了七年行政長官，亦未有好好開發土地資源，即使梁振英上台後，透過「改劃」用途及增加地積比例來增加土地供應，及採取「需求管理」措施，即是增加印花稅來遏抑需求，但在欠缺大規模土地供應的情況下，成效不彰。

土地開發緩慢

我認為土地開發緩慢，還有下列原因：

一、特區政府有各種各樣的條例和程序規範發展，例如《收回土地條例》、《城市規劃條例》及《前濱及海床（填海工程）條例》等等。條例多，程序多，特區政府需經過冗長的規劃及諮詢程序，才可制訂新發展藍圖。

二、特區政府表示，一幅地要由「生地」變成「熟地」，要通過可行性研究、環境評估、城規程序，又要過關斬將向立法會申請撥款，往往需時至少十五年。好些新發展區例如新界東北、洪水橋／廈村、古洞北等等的發展步伐都極緩慢。

三、新界有大約二千四百公頃的祖堂地，一向受《新界條例》規管，需要所有子嗣同意才能出售，導致過去祖堂地難以發展。過往特區政府思維過度保守，亦欠主動，未有積極與鄉議局商討如何處理，釋放祖堂地便是空談，直至今年《施政報告》，行政長官才提出修訂《新界條例》，放寬出售祖堂地的限制。（第九十三段）

四、過去香港社會、立法會內外受反對派牽制，很多關於基建、填海、開發土地的議案都受到反對派阻撓，議會內拉布，議會外抗爭，這些情況漸漸打擊公務員的士氣和辦事決心，好些議案無法通過，拖了社會發展的後腿。

拆牆鬆綁　精簡程序

行政長官終於意識到要為這些規規條條拆牆鬆綁、精簡程序，在《施政報告》（二〇二一年）中提倡推進多個增加土地供應的方案，包括「北部都會區」、東涌東填海工程、交椅洲人工島填海工程、龍鼓灘填海工程、屯門西地區規劃、檢視綠化帶等等。

我認為上述項目方向正確，但要視乎行政長官及特區政府有沒有足夠的魄力披荊斬棘，全部推進。

重置葵涌貨櫃碼頭

我認為特區政府應盡快深入研究重置葵涌貨櫃碼頭，釋放該處臨海優質市區用地作新發展區。這議題在立法會已有共識，我本人及多名議員都有向行政長官提問是否同意相關計劃，行政長官回應指同意長遠而言應該重置葵涌貨櫃碼頭，會作研究。我認為特區政府應該加快研究，包括重置的選址，是靠近大灣區抑或長洲南，以及如何與營運商達成重置安排。

除了釋放土地，我認為重置葵涌貨櫃碼頭還有一個重要目標，就是推進貨櫃碼頭的營運自動化及現代化，以提升生產力，並且與大灣區的港口配合。因此，我促請特區政府盡快進行策略性研究。

調節「高地價」政策　交代土地供應量

最後，我認為特區政府應研究調節「高地價」政策，並且及早訂定時間表，向社會切實交代未來五年的土地供應量及房屋落成量。而在推進的過程中，特區政府必須做好規劃及解說工作，確保市民能共享發展成果。

二〇二一年第七屆立法會選舉競選政綱

確立房屋是用來住的定位

國家主席習近平在二〇一七年「十九大」致辭時說，「堅持房子是用來住的、不是用來炒的定位」，要「讓全體人民住有所居」。

猶記得行政長官在二〇一九年《施政報告》裏說「上任後便馬上為房屋政策定位，清楚表示房屋並不是簡單的商品，適切的居所是市民對政府應有的期望，是社會和諧穩定的基礎」（第十段）。

不認同房屋是商品　適切居所是基本人權

我認為「房屋並不是簡單的商品」這說法即視房屋為商品，我認為商界及市民可以把房屋商品化，甚至作為炒賣的工具，但特區政府不應把房屋定位為商品。

正如聯合國人權委員會（Office of the United Nations High Commissioner for Human Rights）「適切住房權問題特別報告員」（Special Rapporteur on the Right to Adequate Housing）的研究所指，「適切住房權（The Right to Adequate Housing）不僅僅指有地方可

住，而是指在一個有尊嚴及安全的家中生活的權利」，即適切居所是基本需要，是基本人權。政府的首要責任是確保人民居於適切居所，而不是確保人民可以透過商品化的房屋謀利。

我十分認同上述說法，這也與習近平主席的論調不謀而合。

我認同特區政府推動「居者有其屋」及「綠置居」等計劃，幫助低收入市民安居樂業，增加對社會的歸屬感，促進社會穩定。但在房屋供應嚴重短缺的時候，我不贊成為「居屋」拆牆鬆綁，免補地價，或容許兩年後便可變賣，因為「居屋」或「綠置居」都是由特區政府大力補貼，特區政府有責任讓市民有適切居所，但沒有責任讓少數獲補貼公屋的市民從中獲利。

房屋問題老大難

房屋嚴重短缺一直是香港的老大難問題，根據《「劏房」租務管制研究工作小組報告》（二〇二一年三月），估計於二〇二〇年，全港有約二十二萬六千三百四十人居於「劏房」（報告第四頁），當中有八成「劏房」位處於樓齡達五十年或以上的樓宇，大約六成人居於面積少於十三平方米的「劏房」，人均居所樓面面積中位數只有六點六平方米，有「劏房」

的樓宇單位的數量比二〇一六年估計的增加了百分之十點二七。

我探訪過不少「劏房」住戶，大部份居住環境擠逼，衛生情況惡劣，絕非適切居所。嚴格來說，特區政府沒有為市民提供適切居所，未能保障聯合國人權委員會所列的「適切住房權」。

「劏房」條例是重要一步

很欣慰立法會已於二〇二一年十月二十日三讀通過《二〇二一年業主與租客（綜合）（修訂）條例草案》，強制規定「劏房」業主及租客簽訂租約，禁止業主向租客濫收水電費，並將續租租金加幅上限收緊至百分之十。雖然法例暫時不能規管起始租金，但是已對保障「劏房」住戶邁出重要一步。

至於要達成港澳辦主任夏寶龍告別「劏房」的期盼，特區政府仍然有很多工作要做。根據《「劏房」租務管制研究工作小組報告》，有近五成「劏房」住戶已申請公共租住房屋，只是公屋輪候冊上已有二十五萬四千六百個個案（二〇二一年六月底），一般申請者平均輪候時間已近六年，三年上樓的承諾形同虛設。

即使今年《施政報告》說「在未來十年，我們已覓得約三百五十公頃土地，可興建約三十三萬個公營房屋單位」（第八十二段），但是「三十多萬個單位可能只有三分一在首五年落成」（第八十三段），可謂杯水車薪。

我一再追問運房局局長，特區政府在未來五年究竟能夠提供多少公營房屋單位？陳帆局長表示大抵最快就是大約二萬個過渡性房屋單位了。這答案當然不理想。

二十年只建三十三萬公營房屋

回顧歷史，從二〇〇一年至二〇二一年這二十年間，特區政府只興建了三十三萬一千一百四十七個公營房屋單位（包括公共租住房屋及資助出售單位）。當中每年的落成量卻起落甚大，最高峰是二〇〇一年至二〇〇二年度興建了三萬一千七百零九個公屋單位，但是隨着當時金融風暴、經濟衰退、樓價大跌、負資產等打擊，特區政府於二〇〇二年推出「孫九招」，宣佈興建公屋改由需求主導，終止公屋出售計劃，並且停建停售居屋。從此公營房屋的供應量可謂一蹶不振，二〇〇六年至二〇〇七年度更跌至八千九百六十八個單位的最低點。

曾蔭權上台後維持長時期不肯復建居屋、增建公屋，亦不積極開發土地資源，即使在二〇一一年末宣佈復建居屋，可惜為時已晚，滯後難追。期間二〇〇一年至二〇〇二年度至二〇一四年至二〇一五年度，連續四個年度的居屋單位落成量為零。長年累月的滯後，終導致近年土地房屋供應嚴重短缺，二十多萬市民擠住「劏房」，輪候公屋需時近六年的惡果。

房屋政策九大方向

總括而言，我認為特區政府應調節高地價政策，加快開發土地，並且認清「堅持房子是用來住的、不是用來炒的定位」，並朝以下九大方向進行：

一、善用資源，分清緩急，首先解決最迫切的「劏房」問題，改善「劏房」居民的居住環境，竭盡所能，讓香港早日告別「劏房」。

二、加快開發土地，加快興建公營房屋，縮短公屋輪候時間，讓市民早日上樓。

三、研究和落實採用各種嶄新建築法，加快建樓速度。

四、在房屋供應嚴重短缺的時候，特區政府不應容許免補地價變賣「居屋」，特區政府沒責任讓市民從中獲利。

五、特區政府應與港鐵公司協商，要求港鐵公司釋出部份港鐵站上蓋及毗鄰物業，興建居屋或「首置盤」。

六、除了「北部都會區發展策略」及「明日大嶼願景」這些超長期計劃，我認為特區政府應盡快深入研究重置葵涌貨櫃碼頭，釋放超過三百公頃臨海優質市區用地作新發展區。

七、為展示解決土地問題的決心，特區政府應重新審視所有選項，包括發展近二千四百公頃的祖堂地、檢視郊野公園邊陲地帶、釋放綠化地帶及濕地緩衝區、加快發展屯門內河碼頭六十五公頃用地、善用《收回土地條例》及通過「土地共享先導計劃」促進公私營合作等等，務求增加供應，不放棄任何可行方案。

八、特區政府應全面檢視各種繁複程序，拆牆鬆綁，以加快土地開發及建屋速度。

九、特區政府在推進各項大規模計劃時，應確保交通網絡等基礎建設能適時配合發展。

總括而言，特區政府不應盲目鼓勵市民置業，反而需要適時解釋房地產泡沫會有爆破的風險，特別是有跡象顯示美國將逐步加息，香港無可避免將會追隨加息安排。特區政府更應時刻提醒市民，樓市存在風險，樓價可升可跌，市民置業應量力而為。

六招實現「北部都會區」

我認同行政長官於最新一份《施政報告》（二〇二一年）中提出「北部都會區發展策略」及建構「雙城三圈」的概念，認為方向正確，能把握國家《十四五規劃綱要》及《粵港澳大灣區發展規劃綱要》為香港帶來的機遇，讓香港更好地融入國家發展大局。

事實上，香港深圳一衣帶水，以深圳河劃開兩地，邊界是歷史因素留下來的行政界線。新界北部居民素來與深圳有密切往來，包括過境耕種、掃墓、上學、探親、營商工作等等。而在國家改革開放後，深圳急速發展，已成為內地科技創新的重大引擎，與香港構建「雙城」，進一步開拓發展空間，互惠互利，達致雙贏。

整合、擴容　方向正確

「北部都會區」指整個元朗、天水圍、粉嶺／上水，以及古洞北／粉嶺北、洪水橋／廈村、元朗南、新田／落馬洲、文錦渡和新界北新市鎮。特區政府把當中處於不同階段的發展項目整合、擴容、提升，包括：

一、擴展洪水橋╱廈村新發展區至流浮山及尖鼻咀，研究自動捷運系統；興建連接深圳前海的港深西部鐵路（洪水橋—前海）

二、擴容提升落馬洲河套區港深創新及科技園為佔地一千一百公頃的新田科技城；北環線向北伸延，經港深創科園接入深圳的新皇崗口岸；

三、擴展古洞北新發展區至馬草壟一帶；

四、建設羅湖╱文錦渡綜合發展樞紐；北環線由古洞站向東伸延，貫通羅湖╱文錦渡╱香園圍╱坪輋╱打鼓嶺╱皇后山至粉嶺；

五、保育及提升大鵬灣╱印洲塘一帶的自然景觀及生態。

《施政報告》預計建設「北部都會區」需時二十年，屆時可容納二百五十萬人口居住，提供六十五萬個工作職位，當中包括十五萬個創科產業職位。香港與深圳結為「雙城」，建構「深圳灣優質發展圈」、「港深緊密互動圈」和「大鵬灣╱印洲塘生態康樂旅遊圈」這「三圈」，的確是相當龐大的藍圖。

可是，要讓如此美麗的藍圖化為現實，將需時多少時間、資金、人力物力？猶記得行政長官大力推動的「明日大嶼願景」，來到今天也只是獲批了五億五千萬元做前期可行性研究，要建成一個新的都會，有社區建設、交通網絡及工作職位配套等等，仍然遙遙無期。而對比「明日大嶼願景」預算造價六千多億，《施政報告》對於「北部都會區發展策略」的造價、支出預算、時間表、路線圖，隻字未提。

六大方向展開工作

我認為，要落實「北部都會區發展策略」，將之化成現實，特區政府應具突破性思維，從以下六方面展開工作：

一、訂立具凌駕性的《北部都會區發展條例》

香港的發展一直受不同的法例嚴格規管，例如《收回土地條例》、《郊野公園條例》、《道路（工程、使用及補償）條例》、《前濱及海床（填海工程）條例》、《環境影響評估條例》、《城市規劃條例》及《保護海港條例》等等，掣肘甚多，項目要披荊斬棘，需時甚久。例如一幅地要由「生地」變成「熟地」，往往需時至少十五年。

可見若特區政府一成不變，逐條條例慢慢修訂，相信二十年後也難成事。因此，我認為應制訂及通過全新的、具凌駕性的《北部都會區發展條例》，專門應對「北部都會區」的發展，適用於設計、規劃、諮詢、收地、建路等等，可加快進度，全速進行。

二、成立「特定目的公司」來融資

過去香港有很多大型基建項目，特區政府一貫的做法，就是向立法會財委會申請撥款，一般是按工程進度，分階段申請多次撥款。這種融資方式有兩大缺點，一是花費巨額甚至天價公帑，二是費時失事效率低。

特區政府目前已有千億赤字，未來亦會有結構性財赤，如何融資應對「北部都會區發展策略」的支出，十分關鍵。因此，我認為特區政府不必視「北部都會區發展策略」為公共開支項目，以公帑支付項目開支。相反，特區政府可成立「特定目的公司」（Special Purpose Vehicle）或其他特定機構來融資，甚至可以在設定利潤管制的前提下，讓該公司上市、招商，引進資金，既可減低特區政府沉重的財政負擔，市民亦可透過購入股票，分享發展成果。

三、靈活運用「公私營合作模式」

「北部都會區發展策略」涉及多個地區的發展項目以及興建五條鐵路，規模龐大而複雜，單靠特區政府內部部門，未必能快速有效率地進行。我認為應靈活運用「公私營合作模式」（Public-Private Partnership，簡稱 PPP），讓業界參與，借助業界的資金、人才、經驗及技術，提升項目效率及質量。

香港有很多大型項目都是以「公私營合作模式」進行，各有成效，例如興建沙田新市鎮、灣仔會議展覽中心、三條過海隧道，以及現在興建中的啟德體育園等等。相反，西九龍文娛藝術區沒有採用「公私營合作模式」，至今仍是多災多難。

四、制訂先易後難路線圖

特區政府把處於不同階段的發展項目整合擴容成「北部都會區」，各個項目的規模及複雜程度有異，但是《施政報告》並未就整個「北部都會區發展策略」訂定明確的路線圖。

我認為特區政府可採用先易後難的原則來訂定項目順序，例如可先推進洪水橋／廈村新發展區、大鵬灣／印洲塘生態康樂旅遊區這些規模較細的項目。

五、研究交通負荷

假設「北部都會區」落成後將有二百五十萬人口居住，屆時將有部份人口留在北部工作，部份人口北上深圳或前海工作，加上市區往來北部都會區的人口，屆時公路及鐵路能否負荷？這點特區政府要盡快研究，確保交運運輸基建能配合發展。

六、解決工人不足問題

一直收到建築工程界反映，目前建築界不論工程師、測量員及技工等等各階層的技術人員均不足，難以應付這些超大型計劃；再者，特區政府批核輸入勞工的過程過度繁複，很多時都追不上工程進度。我認為特區政府需化繁為簡，盡快吸納更多人才及勞工，以應對未來這些計劃。

總結而言，「雙城三圈」及「北部都會區發展策略」構想宏大，但若特區政府仍採用舊日模式推進工作，二三十年仍難見成效。

二〇二一年第七屆立法會選舉競選政綱

五大方向辦好教育

我一向重視教育，認為質量並重的優質教育是提升社會質素的基石，偏偏香港教育千瘡百孔，二〇一九年的反修例暴動更使教育問題浮面，未來如何辦好教育是特區政府的重大任務。我二〇〇六年自美國進修回港、二〇〇八年首度當選立法會議員後，一直持續與教育局、家長及教育界持份者會面，不斷在立法會發言、在報章撰文，表達意見；並在二〇一九年至二〇二〇年度出任立法會教育事務委員會主席。

資源投放與教育成效不成正比

教育局在二〇〇九年推行新高中學制以來，特區政府的教育開支逐年增加，從二〇一一年至二〇一二年度的五百四十五億元，到二〇一五年至二〇一六年度的七百九十三億元，再增加至二〇一九年至二〇二〇年度最高峰的一千二百四十億元，雖然二〇二一年至二〇二二年度因嚴峻的經濟環境而減至一千零七億元，但仍達千億。可是這麼多年下來，特區政府投放的教育資源花得不到位，教育問題一籮籮。

在反修例黑暴期間，學校出現仇中仇警的教材，有老師在線上線下發放仇恨言論。老師、大學生及中學生參與暴力抗爭及被捕，被捕同學年紀最少的只有十二歲。他們參與街頭衝擊、襲警、擲汽油彈、縱火，甚至是製造火藥等等。另一方面，警方在大學校園搜出大量汽油彈、原材料、有毒易燃化學品及弓箭等，實在叫人痛心。

新高中學制是問題根源

我認為並不是大灑金錢便能辦好教育，香港教育崩壞，新高中學制是問題根源，包括——課程去中國化、國情教育失效、價值觀扭曲、個人品德培養蕩然無存、守法意識薄弱、學術水平下降、學校管治問題、老師過份政治化等等。

自二〇〇〇年九月教育統籌委員會發表題為「終身學習，全人發展」的報告，教育改革已推行二十一年。我認為現在是時候全面檢視教改成效，並從五大方向改革，撥亂反正，讓下一代接受真正的優質教育，使他們具備應對二十一世紀挑戰的能力。

五大方向改革改育

一、改革課程，提高學術水平，加強國情及品德教育

新高中學制的初衷是讓同學文理互通，要求同學必修中英數通四科，及不限文理選修兩至三科選修科，而且把中五會考及中七高級程度會考改為中六文憑試（DSE），同學一試定生死，而且因為三年高中課程既多且廣而造成沉重壓力，再加上很多綜合科目的設計不倫不類，同學的基礎知識並沒有提高。近年的 PISA 報告反映了這點，香港學生在科學、數學及閱讀的得分及排名也下跌了，科學能力的評分甚至被澳門超越了。那邊廂，二〇二一年國際文憑大學預科課程（IBDP）在七月放榜，全港共有一百三十名狀元（獲四十五分滿分），佔全球狀元約百分之十一，成績斐然，反映香港學生的差異擴大。

四科必修科把人文科目、高階數學及基本科學邊緣化，近年修讀人文科目的人數少之又少，二〇二一年大約五萬名 DSE 考生中，只有一萬零一百二十四人報考物理，六千一百九十三人報考中國歷史科，五千二百三十六人報考歷史科，一千三百八十七人報考中國文學，英國文學更只有二百五十九人報考。這個趨勢反映同學錯失了讀經典，增內涵，研科學，提素養的機會，對學生的全人發展沒有好處。

我認為新高中學制去中國化，同學不了解中國歷史，對自身文化感覺疏離，缺乏國民身份認同感。我早於二〇一五年已提倡把中國歷史列為必修科，後來教育局於二〇一八年至二〇一九年度把中國歷史科列為初中必修科，但是課時不足，仍有優化空間。

此外，以往我們注重同學「德智體群美」五育發展，尊師重道、有禮守規是基本的價值觀。可是隨着教育改革，學校要達到的目標太多，而新高中學制提倡的是「九大共通能力」而非良好的品德，再加上課時有限，此消彼長下，品德教育漸漸不受重視，終於發生同學肆意圍堵挑釁校長老師、在大學畢業禮示威等事件。

教育局決定把最多問題的通識科改革為「公民與社會發展科」，我認為方向正確，但是教育局更需要全面檢視新高中學制的課程，讓同學修讀典籍，增加人文素養，縮窄文理科的修讀人數差異；同時要加強品德教育、中史及國情教育，讓同學多了解國家的發展，加強國民身份認同。

二、加強審批及監察教材，確保內容正確、水平達標

通識科問題最多，一直為人詬病，六大單元中的「今日香港」和「現代中國」怎樣教怎

樣考常惹爭議，政治參與題往往成為焦點。通識教科書不用送審無法確保內容方向及水平，老師依靠報章網站報道作為教學及討論材料，可是現今報章網站的立場及內容水平值得商榷。我持續要求通識教科書送審，教育局直至二〇一九年十月才推出「自願接受專業諮詢服務」，鼓勵出版商自願送審，為時已晚。

教育局對「校本教材」缺乏監管，針對及醜化中國的「校本筆記」屢見不鮮，黑暴期間更出現各種仇中仇警工作紙，而且滲透不同的年級及科目，反映問題嚴重。我擔任教育事務委員會主席期間，成立小組委員會研究幼稚園、中小學教科書及教材編製。

我認為教育局須檢討出版社教科書的審批流程及標準，特別是研究如何監察「校本」教材、筆記及工作紙等等，確保教材內容方向正確、水平達標，保障同學的學習品質。

三、加強教師培訓，回歸專業操守

我相信絕大部份教師都是專業可敬的，所謂為人師表，上一代很多教師的文化素養、德行操守都叫人尊敬。可是隨着羅富國師範學院等五間師訓學院合併為香港教育學院，再升格為香港教育大學後，開發了社會科學、心理學等非師訓專業課程，漸漸與其他大學無異。而受惠於官津學校教師全面學位化等政策，師訓課程畢業生起薪點可達三萬。

可是，近年在「教協」等政治組織的鼓動下，有些教師漸漸變得偏激，有教師把個人的政治立場及仇警情緒帶入課室，在網上發放仇恨言論，製作扭曲歷史、甚至鼓吹港獨的教材，對學生構成非常壞的影響。有教師帶領同學違法，在天平邨被捕的教師便是一例，至少八十名教師因反修例黑暴被捕。後來，至少有四名教師遭「釘牌」，教育局亦向百多位教師發出譴責信、警告信或書面勸喻。

我擔任教育事務委員會主席期間，通過一項無約束力議案，要求教育局認真追究違法違紀的教師。長遠而言，教育局必須加強教師的監管及專業培訓，擴闊教師視野、加強教師對國家的認同感。我建議教師須宣誓效忠《基本法》及香港特別行政區，不能把個人政治立場、極端思想灌輸給同學，回歸專業操守。

四、檢討「校本」政策，改善大學管治

教育局於二〇〇四年推行「校本」管理，原意是讓辦學團體及校方因應辦學理念，發揮

更大的自由度，規劃課程等等。可是近年，「校本」管理走偏，久不久便出現有學校管理失當、賬目混亂、校長濫權等醜聞。二〇一四年違法佔中及二〇一九年黑暴期間，有不少示威者利用學校藏身、藏設備，也有工會利用學校作為決定罷工的開會場地，反映學校行政管理出了問題。此外，更有大學淪為「武器庫」、「戰場」，大學校長及管理層對學生態度軟弱、過份縱容，沒向同學解釋其實大學並非法外之地等等，都是問題。我曾召開教育事務委員會特別會議，跟進二〇一九年十一月香港中文大學和理工大學受到破壞的善後工作，並討論大學管治及保安事宜。

我認為教育局必須拿出勇氣及魄力，檢討「校本」管理政策，加強對學校、特別是「校本」教材的監管；也要檢討大學管治的問題，避免重蹈覆轍。

五、改革考評局，檢討出題機制

「香港考試及評核局」是根據《香港法例》第二六一章《香港考試及評核局條例》，於一九七七年成立為獨立法定機構，主要法定職責是舉辦「指明考試」，包括中學文憑試。考評局並非從屬於教育局，儼如獨立王國，對其管理、財務、架構、薪酬、編制、聘任等等，外界難以監管。即使考評局出現巨額虧損，DSE 通識科年年出爭議性政治題，又發生洩題醜聞，外界仍難以動搖其運作。

考評局怎樣出題，影響每屆中六同學的成績及升學前途，責任重大。可是一句「考評獨立」，考評局的審題委員會諱莫如深，究竟是甚麼人根據甚麼標準訂定怎樣的試題，考評局黑箱作業，外界無從監察。雖然考評局聲稱每年均會舉辦檢討會，檢討試題並提出改善建議，但成效如何，看二〇二〇年 DSE 歷史科出事試題便知道沒用。

有傳媒揭發，原來一直由有強烈政治立場的人士把持考評局各個委員會的要職；亦有兩位有份參與擬題的高層因為發表仇恨及不當言論遭揭發而辭職，其中一位更是歷史科的評核發展部經理，長年是「歷史委員會」的當然委員。試問考評局怎能説服市民及同學，他們是中立專業？而試題的設置沒有受他們的個人政治立場影響？

此外，考評局口口聲聲有重重保密機制把關，但是久不久便傳出洩題疑雲。二〇二〇年，補習天王蕭源因為透過手機收發以取得文憑試的保密試題，與另兩名前主考員被法庭裁定串謀公職人員行為失當罪成，判處即時監禁，是對考評局一直推崇的保密機制一次重重的「打臉」。至於蕭源個案是否冰山一角？正正因為缺乏監察，我們無從知曉。

我早在二〇一八年六月二十七日的立法會會議上提出過質詢，追問考評局有否加強監察及防止試題外洩、要求教育局檢討考評局的出題機制等等，惟教育局以各種官腔推搪過去，終讓問題惡化。二〇二〇年五月二十五日，我召開了教育事務委員會特別會議，討論中學文憑試歷史科出現爭議性試題、檢討出題機制。

我認為必須正視考評局這個獨立王國長年積累的問題，若不提高其透明度、加強監察、改革人事、改革出題機制，今後仍會出現爭議性試題。

關心教育　從不吝嗇發聲

我自二〇〇六年回港後，十五年來一直關心香港教育的發展，亦不吝嗇公開發聲，從未停下來：

我早於二〇〇八年開始，多次去信教育局及立法會，指出教育局把 critical thinking 直譯「批判性思考」是錯誤的，只會讓老師及同學誤以為萬事批判便等於獨立思考、便等於多角度分析；critical thinking 應是明辨慎思的意思。教育局直至二〇一四年終於接受我的建議，把 critical thinking 正名為「明辨性思考」，可惜錯譯多年，「批判性思考」深入民心，負面影響深遠。直至二〇二一年，很欣慰行政長官終於在《施政報告》提及要教導學生「建立慎思明辨的能力」（第一四八段），可見「明辨性思考」是正確的。

我於二〇〇九年開始，多次致函立法會教育事務委員會，指出通識科的各種問題，並建議「通識科考試應只分『合格』及『不合格』兩個等級」。來到二〇二一年，教育局終於把通識科改革為公民及社會發展科，並只設「達標」及「不達標」兩級，比我的建議足足遲了十二年！

小三 TSA 的考評及教學方式造成相當大的操練壓力，二〇一七年，我極力爭取取消小三 TSA，教育局於二〇一八年宣佈把小三 TSA 改為「不記名、不記校、抽樣考」。

我於二〇一八年已撰文指出香港不論回歸前後從未實行「三權分立」，並於二〇二〇年五月於立法會大會上發言，又致函立法會政制事務委員會，要求釐清「三權分立」概念。我認為教育局及學校要肩負責任，教導學生正確的概念。

不是大灑金錢便能辦好教育

總結而言，我認為不是大灑金錢便能辦好教育。優質教育必須質量並重，除了灌輸知識，更重要是讓年輕人培養良好品格，建立正確的國家觀及價值觀。香港教育的未來，應朝着上文五大方向改革、發展。

二〇二一年第七屆立法會選舉競選政綱

自資專上教育的未來

回歸後的香港教育發展，教育改革、新高中學制及教育產業化衍生了不少問題。二〇〇〇年，時任行政長官董建華於《施政報告》中提出要在十年內讓六成高中離校生接受大專教育。特區政府為配合政策目標及準備香港轉型為知識型經濟，推出副學士政策，但並沒有增加資助大學學位讓副學士銜接，其後又推出多項貸款及批地支援措施，促進自資專上教育的發展。

二〇〇八年十月，為了應對金融海嘯對香港經濟的影響，時任行政長官曾蔭權成立經濟機遇委員會（Task Force on Economic Challenges），提出六大優勢產業，教育產業是其中之一。自資專上教育於是急速膨脹，於二〇二〇年至二〇二一年度，香港共有二十九所自資專上院校，提供七百九十一個課程，收生三萬二千五百人。

而根據張炳良前局長領導的「檢討自資專上教育專責小組」於二〇一八年十二月發表的檢討報告，香港「在二〇〇一年後的五年內已達到提高專上教育普及率至六成的目標。二〇一五年至二〇一六年度，專上教育普及率更升至七成，當中學位程度課程參與率達百分之四十五」，即數據上已達成前行政長官董建華所訂定的目標。

量化指標數據表面　影響教育質素

這是從「量」上看的標準，但我一直認為，教育是對社會未來的投資，「質」與「量」同樣重要，利用教育產業化來應對經濟發展，本質及動機已是錯誤的。而自資專上教育過度膨脹，影響了教育的「質」，衍生很多問題：

教育產業化使教育以商業盈利為依歸

一、在產業化這個概念下，教育漸漸演變成以商業盈利為依歸，不賺錢的科目就要腰斬，高質而少人讀的課程也沒有存在意義。教育對整體人民素質的培養這基本功能，反而遭遺忘。當補習學校做到上市，香港大學卻於二〇一七年以少人選修為理由，取消了天文及數學／物理這兩個頂尖主修科，這是相當可悲的。特區政府應該好好反思，專上教育應該怎樣辦。

課程缺乏監管　質素良莠不齊

二、特區政府多年來對自資專上課程缺乏有效監管，課程質素良莠不齊、資歷認受性成疑。重量輕質，是浪費了社會資源，即使同學報讀「指定專業／界別課程資助計劃」選定的課程而獲得部份學費資助，但是同學仍要支付餘下的學費。若課程內容空泛不甚了了，更浪費了同學的金錢、青春和時間，他們大專畢業後，可能比DSE放榜時更徬徨無助。

我曾在立法會接收民間青年政策倡議平台的請願信，期間有報讀自資專上課程的同學申訴說，她報讀的大專英語課程，只是學寫感謝信等等，讓她感到貨不對辦，十分無奈。

學額供應過剩　院校長期收生不足

三、自資專上教育學額供應過多是不爭事實，多間院校持續收生不足。「檢討自資專上教育專責小組」的報告便指出，至少有四間院校只開辦不多於五項學位課程，香港能仁專上學院的副學位課程曾出現「零收生」的紀錄（二〇一六年至二〇一七年度），其學士學位課程也只收得六人（二〇一七年至二〇一八年度）。

收生不足嚴重，直接影響院校財政及營運。香港大學旗下的明德學院開校以來虧損逾億，已於二〇一九年至二〇二〇學年停止收生。二〇二〇年，薩凡納藝術設計學院（Savannah College of Ars and Design）也因虧損高達三億二千萬元而停辦。

根據教育局統計，香港中學畢業生人數持續下降，中學畢業生人數由二〇一六年的五萬四千二百七十七人大幅減至二〇二〇年的四萬四千一百八十六人，加上移民潮，適齡升讀大學的學生人數會明顯下降，屆時學額供應過剩，院校收生不足的情況將會惡化，也將可能有更多院校結業，汰弱留強。

還有，即使自資專上院校收生不足，但我不同意放寬收生限制，招收境外學生來填補學額，這是本末倒置的做法。

院校之間定位模糊　窒礙發展

四、自資專上院校競爭劇烈，定位變得模糊，例如爭相開設社會科學、工商管理、傳訊這些無須設立實驗設備、入場成本較低的課程，也與資助大學的課程重疊，對專上教育的整體發展沒有好處。

我認為自資專上院校的定位、課程設計應與資助大學有明確分別，兩者才能真正分工、互補，培育不同的人才。例如東華學院便能充份利用自身的資源優勢，專攻醫療及護理課程，畢業生的就業情況理想，二〇二〇年有九成畢業生投身醫護界，有助紓緩各醫療專業人手不足。

資助大學學士學額增加緩慢

五、特區政府應檢討公帑資助專上界別，包括研究增加資助大學首年學士學位課程學額的可能性，例如只有九十個學額的港大牙科醫學士課程，及較易銜接臨床心理學碩士課程的港大或中大心理學學士課程，從而解決目前不少專業職系人手短缺的問題。特區政府亦應盡快增加公帑資助銜接學位，從而改善自資副學位畢業生的升學及就業出路，同時貫徹提高專上教育普及率的理念。

職業導向課程未夠多元化

六、二〇一九年至二〇二〇年度，職業訓練局獲撥款二十八億五千萬，但是開設的職業導向課程未夠多元化，我認為特區政府應大力推廣職專教育，並確保課程範疇配合香港未來產業發展及社會需要，鼓勵就業志向明確的年輕人報讀相關課程，接受專門的職業訓練。同時，特區政府應多下苦功，做好家長教育，讓家長明白及接受，年輕人各有潛能，並非攻讀「神科」才有前途，所謂行行出狀元，只要社會有足夠的多元出路，年輕人便能發揮所長。

優質教育應質量並重

最後，雖然教育局已按照「檢討自資專上教育專責小組」的建議，於二〇二〇年末展開就《專上學院條例》及其附屬法例《專上學院規例》（第三二〇A章）的檢討工作，但是該份諮詢文件只是提出技術性修訂，對於香港專上教育的未來發展沒有提出具體方向及建議。

總括而言，我認為優質教育應質量並重，而自資專上教育則剛剛相反，在教育產業化下變得重量而輕質，對付出學費及青春的同學不公平。而面對未來學生人數大減的挑戰，自資專上院校將進一步汰弱留強。長遠而言，自資專上教育與資助大學之間應有明確的分工及定位，才能優勢互補，提高香港專上教育的整體水平。

推動可持續發展　建設綠色社會

聯合國於二〇一五年通過《二〇三〇年可持續發展議程》，訂立了一個由二〇一六年至二〇三〇年的全球性發展藍圖，以及十七項「可持續發展目標」，旨在解決人類在社會、經濟和環境三方面面對的問題，帶領全球經濟邁向「可持續發展」。

中國作為聯合國成員國之一，積極落實《議程》，並發表《中國落實二〇三〇年可持續發展議程國別方案》，正式將《議程》納入國家未來發展方針。國家主席習近平於本年度第七十六屆聯合國大會的講話中，重申中國「加大發展資源投入，重點推進減貧、糧食安全、抗疫和疫苗、發展籌資、氣候變化和綠色發展、工業化、數字經濟、互聯互通等領域合作，加快落實聯合國的《議程》，構建全球發展命運共同體」。

配合國家減排目標　實現低碳社會

香港在「一國兩制」下，理應積極配合國家發展策略，落實《議程》的「可持續發展目標」，促進香港的長遠發展，就此特區政府可以聚焦三大政策目標：消滅貧窮、實現平等及應對氣候變化。以下集中討論應對氣候變化、社區環保與公共衛生。

氣候變化早已發生，相信市民亦留意到近年溫度愈來愈高，炎熱的日子愈來愈多，例如二〇二一年香港的中秋節翌日錄得破紀錄的三十四度高溫、時至十月接連懸掛兩個八號風球，所以特區政府應該盡快採取行動，應對氣候變化。

減碳工作應聚焦發電、運輸及廢棄物三大源頭

國家主席習近平在本年度聯合國大會的講話中，表示「中國將力爭二〇三〇年前實現碳達峰、二〇六〇年前實現碳中和」。我樂見特區政府配合國家的減排目標，於二〇二一年十月發佈《香港氣候行動藍圖二〇五〇年》，爭取本港達致二〇五〇年「碳中和」，並在二〇三五年前將碳排放量減至二〇〇五年水平的一半。

香港的碳排放源頭中，有百分之六十六來自發電、百分之十八來自運輸、百分之七來自廢棄物，所以特區政府的減碳工作需要聚焦在這三大源頭。

支持可再生能源　做好減廢回收工作

同時，我認為特區政府應該大力支持「可再生能源」和環保能源，例如「綠色氫能」（Green Hydrogen）的發展，引進電動及新能源運輸工具，並做好減廢回收工作及公民教育，帶領市民全面展開綠色生活。特區政府亦應積極鼓勵私營界別，共同實現「低碳轉型」，並要求企業承擔更多「環境、社會與管治責任」。

源頭減廢　加強宣傳

過度生產和消費，不但造成環境污染，更產生大量廢物。二〇一九年棄置堆填區的都市固體廢物量平均每日多達一萬一千零五十七公噸。就此，我支持特區政府在二〇二一年八月通過的《二〇一八年廢物處置（都市固體廢物收費）（修訂）條例》，以經濟誘因培養市民減少浪費、物盡其用的習慣，對於香港整體社會的環保進程、公共衛生，乃至貢獻國家「應對氣候變化」策略，有長遠而正面的作用。雖然現時距離《條例》實施尚有一段時間，而特區政府亦會向符合資格人士提供補貼，但執法上仍有困難，例如非法地點棄置垃圾、使用非指定垃圾袋等，有關問題以「三無大廈」和鄉村垃圾站尤甚。

我認為鼓勵減廢並非純粹靠徵費，必須大力宣傳。我會接收地區的意見，在地區層面幫助解釋《條例》，而在地區了解到任何在執行上的問題，我會不斷向當局反映，以期望《條例》在實施的時候，真正發揮效果。

加強宣傳　提升回收率

人類生活愈來愈富裕，我們每購買一件商品都有大量包裝，甚至閱讀報紙和雜誌都產生大量廢物，我自己亦感到慚愧。因此，我們確實有責任盡量源頭減廢，並做好分類，以協助環保業界進行回收，減少我們對堆填區和焚化爐的需求。

近來在地區增設的「綠在區區」回收站廣受市民歡迎，我也是其中的「大戶」。我認為，未來特區政府需要聚焦研究提升回收率的問題，同時必須加強宣傳，資訊要到達基層市民。我亦建議特區政府在商品包裝上引入生產者責任制，規管生產商製造和進口商進口過多包裝的產品，尤其針對塑膠包裝，而範圍亦應涵蓋網購商品的包裝。

擴展廚餘回收中心

另一方面，在堆填區棄置的都市固體廢物中，廚餘佔百分之三十，二〇一九年每日棄置量達三千三百五十三噸。不過，現時特區政府兩所廚餘回收中心，即O·PARK1和大埔污水處理廠，每天只能處理二百五十噸廚餘，其餘只能運往堆填區。我認為特區政府應該充份擴展廚餘回收中心至本港六所可以進行共厭氧消化的污水處理廠，以及加快興建O·PARK2和盡快完成O·PARK3的規劃研究，以大幅提升轉廢為能的效率。

應用新科技　提高滅蚊滅鼠工作成效

每年雨季是蚊患高峰，導致本地登革熱個案上升，以蚊為傳播媒介的疾病，如日本腦炎和瘧疾，亦有爆發之虞。尤其半山地區樹木茂盛、中西區較多公園和路邊花槽，易成蠓蚊藏身之所，增加居民健康風險。我促請特區政府確保食環署防治蟲鼠組有充足人手和資源，加強巡視蚊患黑點及加設足夠的捕蚊器，同時必須確保大型垃圾桶、花槽、公園衞生情況良好，以及積極研究及應用新科技和儀器，提高滅蚊工作的成效。而防治鼠患方面，食環署加強公共地方的潔淨工作外，亦應該與房屋署加強聯合巡視及聯合清潔行動，以針對公共屋邨和公眾街市制訂並落實更適切、更具成效的防治鼠患措施。

二〇二一年第七屆立法會選舉競選政綱

全面審視公共理財策略

當特區政府擁有過萬億財政盈餘的時候，我經常聽到市民或立法會內的泛民議員要求政府「還富於民」，甚至有前議員建議向每位市民派二萬元，但特區政府回應時指出，龐大的財政盈餘得來不易，亦因為香港的稅基狹窄，盈餘有可能「大上大落」。當日庫房「豬籠入水」，當然沒有人相信，但事實確是如此。

香港正面對結構性財赤

近年財政盈餘的高位在二〇一七年至二〇一八年度，接近一千五百億，二〇一八年至二〇一九年度也有六百八十億，但到二〇一九年至二〇二〇年度，因為遇到黑暴，變成赤字一百零六億，而二〇二〇年至二〇二一年度，又因為疫情的影響，赤字達到二千五百多億元，至於二〇二一年至二〇二二年度，特區政府表示赤字為一千零一十六億元。但實際上，赤字不止一千零一十六億。因為這數字包括了房委會的儲備回撥，共二百三十億；另外，特區政府的綠色債券基金亦回撥了三百五十億。因此，實際的赤字應為一千五百九十六億元，是破紀錄的新高。

香港過往從未連續三年錄得赤字，最高是二〇二〇年至二〇二一年度，二〇二一年則稍為有好轉，但其實二〇二一年至二〇二二年度的赤字也有一千五百九十六億元，而且預測未來四年的經營赤字將介乎二百二十四億到四百零七億之間，綜合帳目預計亦會連續四年錄得赤字。而上述預測並未包括特區政府可能推出的退稅或紓緩措施，如果再向市民派發消費券，大約是三百多億，赤字將會進一步增加。事實上，香港正面對前所未有的結構性財赤，令人擔心。

「金融大鱷」狙擊港元

為何我們要擔心呢？原因是「金融大鱷」Kyle Bass 狙擊港元，推波助瀾，希望在適當時機唱淡港元，以便從中謀利。據報道，Kyle Bass 的對沖基金在香港黑暴期間賭港元會崩潰，購入美元沽空港元，幸好我們有豐厚的外匯儲備來支持港元，最終他的投資蝕了百分之九十五。事件説明，有不少「金融大鱷」對香港虎視眈眈。如果港元被狙擊而沒有豐厚的外匯基金支持，或是有「大鱷」認為，我們的財政儲備不斷下降，港元不再有豐厚的資金支持，港元便會插水式下跌，連帶所有港人的資產也會暴跌。屆時將會引起港人恐慌，相信完全不符合港人的利益，所以我們要居安思危。《基本法》也洞悉這問題，在第一〇七條列明「香港特別行政區的財政預算以量入為出為原則，力求收支平衡，避免赤字，並與本地生產總值的增長率相適應。」

福利開支過大　小心「車毀人亡」

近年來，經常性開支大幅增加，赤字的主要成因是政府的開支增長較收入增長快，特別以經常性開支為甚，由一九九七年至一九九八年度的一千五百億元，增加至現在的四千七百億元，增幅超過兩倍。而我們的經濟增長力，當然沒有增加兩倍。正如行政長官在《施政報告》（二〇二一年）中也提到，自她上任的四年以來，福利、醫療及教育開支增加了百分之六十。而且本屆政府還有很多承諾，例如：長者二元乘車優惠、取消強積金對沖等等。經常性開支增加，令人想到回歸前，有中央官員提我們，福利開支過大，小心「車毀人亡」。

加稅選項不多　必須考慮節流

如果未能處理赤字，將影響香港聯繫匯率的穩定性、影響香港作為國際金融中心的地位。結構性赤字的處理方法不外乎開源和節流，很多外國政府會選擇加稅，但香港一向奉行簡單低稅制，我們過往亦未能成功開徵銷售稅。事實上，我們的旅遊業、零售業也要靠價廉物美，故不適宜開徵銷售稅。所以加稅的稅項選擇不多，必須考慮節流。特區政府一定要考慮如何重新控制經常性開支，否則所有港人的資產、金融前景也會受損。

我認為，特區政府增加福利、醫療、教育開支，是回應市民訴求；問題是，資源是否用得到位。特區政府一定要嚴格審視目前花了的金錢和資源是否到位？有否重複？有否浪費？

應增加博彩稅

另外，我認為特區政府應增加博彩稅，特別是足球博彩稅，因為足球的投注額增加得最快，不但在二〇一九年首次超越賽馬投注額，在二〇二一年更拋離本地賽馬投注額超過兩成。香港賽馬會的年報顯示，相對賽馬博彩和獎券較穩定的投注額，足球博彩的投注額除了在二〇二〇年外，過往幾年一直錄得可觀的升幅，二〇一八年、二〇一九年及二〇二一年均有超過一成的升幅。數據亦顯示，足球博彩的純利及佣金更達到九十二億四千五百萬元，大幅抛離賽馬博彩的四十九億八千五百萬元。賽馬會曾經指出，加稅會影響其慈善開支，亦認為現時的博彩稅率已經很高。我想指出，香港的博彩稅率雖然較很多地區為高，但賽馬會有壟斷的優勢。此外，其慈善開支其實也是市民的錢，應審視這些慈善開支是否到位。

確保資源用得其所　提升醫療質素

相比世界各國，香港的醫療服務稱得上價廉物美，醫院管理局（醫管局）轄下的公營醫院住院費用每天只是一百二十元，急症室收費每次亦只是一百八十元。據了解，收費在多年前訂定，只收取膳食費，因此如此便宜。香港在沒有強制醫療供款及維持低稅率的情況下，醫管局能保持低廉收費，其實已經相當不錯。

現時醫管局轄下有四十三間公立醫院和醫療機構、四十九間專科門診及七十三間普通科門診。截至二〇二〇年三月三十一日，醫管局合共提供約二萬九千張病床，僱員人數約八萬四千人，是一個十分龐大的機構。多年來，特區政府不斷投放大量資源來滿足醫管局的訴求。政府資料顯示，二〇二〇年至二〇二一年度的醫療經常開支為九百五十九億元，較四年前上升百分之五十三；然而，醫管局經常被指服務質素欠佳，依舊面對醫護人手流失及專科輪候時間冗長等問題。

病人輪候時間超長

醫管局資料顯示，二〇二〇年至二〇二一年度，專科門診穩定新症輪候時間，以內科最長，病人平均輪候六十八星期，其次是耳鼻喉科，平均輪候時間為六十星期，比二〇一八年至二〇一九年度的五十五星期更長。至於眼科、外科、婦科的輪候時間，病情穩定者的新症輪候時間分別為五十五、四十一和三十五個星期，亦比二〇一八年至二〇一九年度的三十八和三十四星期長。

醫生工作量過重

除此之外，近日亦傳出醫管局有大量人才流失。醫管局資料顯示，二〇二〇年七月一日至二〇二一年六月三十日的全職醫生（包括實習醫生及牙醫）流失率為百分之四點六，而全職護士的流失率為百分之六點五，較去年同期上升百分之零點九。據了解，除小量醫生及護士因移民離職外，大部份醫護人員因工作量過大而離職。有曾任職醫管局的專科醫生表示，他們一個早上便要為四十至五十名病人診症，工作量不勝負荷，即使薪酬待遇不錯，也選擇離開。另外，醫管局嚴重缺乏物理治療及臨床心理學等輔助醫療人才，令服務質素每況愈下。由此可見，特區政府在增加醫療開支的同時，病人不滿，醫生又流失，不斷增加資源只會是無底深潭，未能真正解決問題。

為了紓緩醫生人手嚴重短缺（每一千人只有兩名醫生），特區政府修訂《二〇二一年醫生註冊（修訂）條例草案》，已在二〇二一年十月二十一日在立法會通過，藉以開闢更多途徑讓非本地培訓的醫生來港執業。然而，在二〇一八年修訂《醫生註冊條例》後，截至二〇二一年七月底只有三十三名非本地培訓醫生以有限度執業註冊的形式來港執業，是次的修訂能吸引多少醫生來港仍是未知之數。

加強醫生管理培訓

我認為醫管局的問題不是缺乏資源，而是資源管理需改善。有意見認為醫管局將太多前往市民急症室求診的病人轉到專科，導致專科輪候時間愈來愈長，其實當中有不少新症是可以分流至家庭醫生處理的。

有很多意見認為，由專科醫生負責管理並不理想。醫管局應該加強醫生在管理上的培訓，讓他們可以用先進的管理理論及策略改善資源運用的成效。醫管局應多提供機會予年輕醫生，保送他們到海外著名學院接受醫療管理訓練。與之同時，要求接受公帑支付專科訓練費用的醫生，承諾他們必須在醫管局服務若干年才可離職，以免不斷流失獲得優秀訓練及富有經驗的專科人才。

加強中醫門診服務　推動基層醫療

為應對人口老化，我認為特區政府應加強中醫門診服務及基層醫療健康護理服務。根據統計處的資料，隨着戰後嬰兒潮出生的人士踏入老年，六十五歲及以上長者的人口推算由二〇一六年的一百一十六萬，即佔總人口的百分之十七，急升百分之五十七至二〇二六年的一百一十八萬，即百分之二十五，再上升百分之三十至二〇三六年的二百三十七萬，即百分之三十一，屆時每三個人之中便有一人是長者。中醫注重固本培元，蘊含預防醫學的概念，如特區政府大力推行中醫門診服務，將可減少患重症病人的數目，長遠而言可減輕公營醫療系統的負擔。

二〇一七年的《施政報告》提倡設立地區康健中心，推動基層醫療，以減輕醫管局的壓力。現時，全港共有六間分別位於北區、離島、西貢、九龍城、油尖旺和灣仔的地區康健站，及兩間分別位於深水埗和葵青的地區康健中心，為市民提供各項政府資助的基層醫療健康服務，藉此鼓勵市民預防疾病，加強自我照顧和家居照顧，進一步加強慢性疾病治理的措施，以減少住院需要。然而，地區康健中心沒有家庭醫生駐診，情況並不理想。當局應盡快安排家庭醫生在地區康健中心駐診，以減少市民前往急症室求診的需要。

加強居家護理服務　增加安老院舍數目

另外，醫管局病床長期不足，其中一個原因是大量年長及長期病患者佔用病床，如特區政府能夠加強居家護理服務及增加安老院舍數目，便可以騰空床位，讓真正有需要的病人使用。特區政府可考慮和私營醫療集團合作，為市民提供更多醫療選擇。

我將繼續監察特區政府及醫管局，以確保資源用得其所，同時敦促特區政府多管齊下，以不同的措施，應對人口老化帶來的醫療壓力。醫管局的管理必須進行全面改革，加強培訓管理人才，以徹底改善為人詬病的問題，令市民大眾的健康得到保障，提升公共健康水平。

管治港鐵　政府無力

我連續兩星期在立法會向運房局局長陳帆提出有關港鐵公司的管治問題，包括實施利潤管制以及柏傲莊的監管及責任問題，可惜陳帆局長兩次的回答均十分官腔，令人失望，讓人擔憂特區政府在港鐵的管治上，十分被動，根本無力解決一些結構性問題。

要求向港鐵實施利潤管制

我先在二〇二一年七月十四日的立法會口頭質詢環節上提出，既然港鐵多年來從物業發展獲得豐厚利潤，特區政府會否實施利潤管制，要求港鐵在達到准許回報率（例如參考兩家電力公司的准許回報率，即固定資產平均淨值的百分之八）後，便把利潤封頂。特區政府應和港鐵磋商，要求港鐵把部份車站上蓋或鄰近物業發展的房屋單位，交回特區政府作社會房屋。我相信這做法會受市民歡迎。

不出所料，陳帆局長一口回絕，說「政府現階段沒有相關的計劃」，並且強調已諮詢財經事務及庫務局。局長洋洋灑灑回覆了一千四百字，一再指出港鐵在「擁有權」及「鐵路加物業發展」模式下，可以釋放鐵路沿線土地的發展潛力，上蓋物業用地用作發展私營房屋，是「充份利用土地的價值」（即賣樓賺到盡），若引入利潤管制，則會「根本地改變港鐵公司的商業模式」，要「考慮對政府財務收益的影響」云云。

我認為局長強調已諮詢財經事務及庫務局才作出回覆，明顯地是因為特區政府「往錢裏看」，事關土地收入對特區政府至為重要，以賣地收益支付基建開支，並且要繼續「以地養鐵」。特區政府作為佔港鐵百分之七十五股份的大股東，二〇一九年及二〇二〇年所收股息分別高達五十七億元，這錢不能少。

政府一直依賴高地價政策

同樣地，機管局也憑藉擁有大量土地發展、收取高昂舖租及航機升降費用來支付運作、機場開支及未來發展。由此可見，雖然特區政府不承認，但其實自開埠以來，政府都是憑高地價政策去維持豐厚稅收及支付發展開支。這政策有其好處，但是也會衍生一系列民生問題。然而，基於稅收的考慮，特區政府是不敢輕易放棄的。

小蠔灣車廠用地建屋超長期支票

此外，局長指特區政府及港鐵已在佔地約三十公頃的小蠔灣車廠用地預留一萬單位作公營房屋。這張可是超長期支票，估計第一批單位最快要二〇三〇年才能兑現，但在這段期間，港鐵將可憑屯馬線、北環線各個大站的上蓋物業，大賺特賺了。

目前香港難以仿傚新加坡組屋政策

有意見認為香港應仿傚新加坡的八二房屋比例，即是八成是公營組屋，兩成是私樓，那便可讓更多市民有合理居所。可是香港土地已嚴重不足，二來若私營房屋只佔兩成，不單特區政府的賣地收入會大幅度減少，私營房屋的價格也會再飆升。

柏傲莊事件　港鐵卸責

一星期後，我在七月二十一日的立法會大會上，再次向陳帆局長提問。這次，我問局長有沒有就港鐵大圍站上蓋物業柏傲莊的混凝土不合規的事故展開調查，發展商港鐵有沒有監管建築工程的責任，以及哪些單位及人員須為是次失誤負責。

局長的答案同樣令人氣餒。他回覆指港鐵是柏傲莊項目的擁有人，港鐵通過公開招標，將項目批予發展商新世界發展有限公司，港鐵則會監測建築工程對鐵路設施結構可能造成的影響。局長弦外之音即是，港鐵對工程本身沒有責任？但是利潤卻賺足？

問題是在柏傲莊的買賣合約上，港鐵是賣方，其實責無旁貸。作為賣方，港鐵真的毫無責任嗎？但我相信在新世界迅速平息買方的不滿後，不會有人控告港鐵，由此可見，港鐵發展上蓋物業這盤生意已封蝕本門，利潤照分，但工程失誤則不用負責。

屋宇署只是被通知

局長又說屋宇署設有地盤監察組，會巡查地盤，卻偏偏沒說這個地盤監察組有沒有突擊視察過柏傲莊地盤。而我留意到，屋宇署先後兩次（六月十八日及七月六日）接獲新世界通知，才得悉混凝土不合規的事。即是說，屋宇署是被通知的，不是主動查悉事故的，特區政府的監察功能何在？

高官乾坐港鐵董事局不作為

這兩次的答問，反映特區政府無力駕馭港鐵，並且放縱其壟斷興建鐵路及透過鐵路站上蓋物業賺錢賺到盡。

作為佔港鐵百分之七十五股份的大股東，特區政府理應對港鐵的管治及發展有實質意義的作用。特區政府委任了四位高官坐鎮港鐵董事局，包括運房局局長、財經事務及庫務局局長、發展局常秘及運輸署署長，此外還有前運輸署署長及前審計署署長等等。可是，再多的高官似乎都沒有牙力，是「坐鎮」還是「純旁聽」，他們心中有數。

據知高官們在港鐵董事局會議上不單甚少發言，而且遇到表決便以有利益衝突為由而放棄投票！這個理由實在荒謬！特區政府是港鐵大股東，其董事局代表就是為了好好管理港鐵、帶領港鐵做出適當的決策，與利益衝突何干？不發言又放棄投票，豈不就是「乾坐」，放棄管理權，白白讓港鐵領導層牽着鼻子走？

由此可見，特區政府在港鐵的管治及監察問題上，無能又無力。不難想像，像以往各種工程超支延誤，沙中線紅磡月台施工的嚴重失誤，或者類似柏傲莊的事故，仍會繼續發生，港鐵有責不用負。特區政府堅持高地價政策，港鐵便可繼續賺取無限利潤，市民則要繼續高價買港鐵樓。

而作為立法會議員，我必會盡己之責，繼續提問，務求特區政府加強對港鐵的監督及對港鐵賺取過度利潤作適當重新分配。

二〇二一年七月二十八日《經濟通》

普及電子支付　消費券成契機

新冠疫情對本港經濟打擊甚大，為了遏止疫情及刺激經濟，特區政府先後推出疫苗接種計劃及消費券計劃。不過，市民對兩個計劃的反應迥異，即使各方機構紛紛推出「谷針」大抽獎，送樓送黃金，獎品價值以億元計，但是截至二〇二一年七月十三日仍只有約二百六十六萬人接種了第一針，反應算不上踴躍；反之，價值五千元的消費券卻在登記首天（二〇二一年七月四日）造成系統大塞車，我自己也是呆等六小時後驗證失敗的例子。消費券計劃接受登記首兩天，已有三百一十萬名市民登記，超越打了第一針疫苗的人數，七天後登記人數更達四百八十萬，反映市民非常接受消費券，也願意學習使用電子支付工具，可喜可賀。

其實特區政府最初宣佈消費券計劃時，因為有八達通、支付寶香港、WeChat Pay HK及 Tap & Go 拍住賞四種支付工具選擇，每種工具又附帶不同優惠，市民覺得眼花繚亂。而在四種支付工具中，八達通是市民最熟悉、幾乎每天都用的，其他支付工具則相對地未算普及。

猶記得有位金融界猛人多次提出，特區政府早應在十多年前收購八達通，推出中央電子錢包，那麼特區政府在二〇一一年、二〇一八年派錢，甚至是現在派消費券，也就快捷方便得多了。這個想法在當年相當具前瞻性，可是今時今日，市場百花齊放，特區政府已錯失推出中央電子錢包的時機。

發 SVF 牌照　卻無積極推廣教育

金融管理局自從在二〇一六年發出首批儲值支付工具（Stored Value Facilities, SVF）牌照，至今發出了十八個 SVF 牌照，但是牌照是發了，特區政府及相關機構卻沒有積極推廣及教育市民使用。因此，我認為今次推出電子消費券，倒是個推廣電子支付的契機，讓更多市民使用電子錢包。

不過，上述四種支付工具之中，以八達通的技術最落後，使用消費券的方法亦較另外三種工具複雜。二〇二一年五月，我和八達通公司的管理層會晤，了解他們的技術水平，雖然他們在會議中信誓旦旦，彷彿甚麼也做得到，但如今證明，他們相對 low tech，作為離線支付系統，既不能做到實時交易管理，也不能在卡內分開兩個錢包，分開市民自己的錢及消費券金額。換句話説，市民使用八達通消費時，不能指定該筆消費是使用消費券抑或花費自己的錢；心水清的市民便選擇開一張新的八達通卡綁定消費券。

此外，亦因為八達通的技術限制，市民要分三期（二千元、二千元、一千元）領取消費券金額，並且要在指定期限內消費了首四千元，才能領取最後的一千元，相當不便。

派發消費券五大好處

話説回來，雖然在登記首天發生大塞車，但是以目前情況來説，消費券計劃算是成功的，並且將會帶來以下好處。

一、新民黨早於二〇一九年最早向財政司司長建議派發本地消費券，因為消費券和派現金的分別，是市民不能把消費券儲起來，而是必須在指定期間內在本地消費，從而達到帶動消費、提振經濟的目的。當市民廣泛採用消費券，或會補貼差額購買心儀產品，支付平台及企業店舖亦會提供優惠吸引顧客，公司會向員工支薪、向供應商和服務商付款，經濟活動連鎖循環，長遠地發揮乘數效應。

二、引入競爭，不讓八達通公司壟斷電子支付市場。

三、創造契機，讓更多市民學習運用電子錢包，推廣電子支付，使之普及化。

四、產生大數據，了解不同年齡群的最新消費模式，例如年輕人最多購買哪類產品？長者最多使用哪種支付工具？這些數據對於了解社會發展很有幫助。

最後一點我認為十分重要，就是當社會長期在黑暴、疫情的陰霾下，市民難免會感到沉重壓抑，這時候，消費券能夠引起話題，帶動歡樂氣氛，讓市民笑起來，何樂而不為？

二〇二一年七月十四日《香港經濟日報》

贏了獎牌之後

二〇一九年黑暴及二〇二〇年新冠肺炎疫情肆虐以來，香港一直在低氣壓下，直至最近幾星期，終於有兩件事帶動市民的共同興趣，扭轉社會氣氛。一是特區政府的電子消費券終於面世，市民積極申請，投入消費，讓市場活躍起來。另一就是香港隊在東京奧運大放異彩，取得一金、兩銀、三銅的歷史佳績，讓全城振奮。特區政府打鐵趁熱，抓着熱潮，大打奧運牌，宣佈了一系列推動體育發展的措施，朝着體育普及化、精英化及盛事化這三大目標進發。雖然特區政府難得「捉到鹿」，可別沖昏頭腦，歡呼過後，仍有大量工作要做。

六百億體育新資源

的而且確，特區政府近年持續增加投放於體育發展的資源，根據立法會民政事務委員會二〇二〇年七月十三日的文件《「體育資助計劃」檢討及體育總會的管治》（立法會CB（2）1317/19-20（03）文件），特區政府自從二〇一七年起已撥出六百億元體育新資源作非經常性開支，當中三百一十九億元發展啟德體育園、二百億元發展十八區康體設施，餘下向精英運動員發展基金注資六十億元，向香港運動員基金注資二億五千萬元，向藝術及體育發展基金注資十億元，撥款五億元予體育盛事配對資助計劃等等。二〇一八年至二〇一九年度的《財政預算案》宣佈檢討「體育資助計劃」，二〇一九年至二〇二〇年度的《財政預算案》增撥二千五百萬元經常性撥款及為期兩年合共三千五百萬元的額外津貼，提高對六十個受資助體育總會的資助，二〇二〇年至二〇二一年度的《財政預算案》更提出把對六十個受資助體育總會的資助，逐步增加至五億元（二〇二三年至二〇二四年度）；再加上其他相關撥款及津貼，可以說，特區政府近年對推動體育運動算是有誠意，我亦十分支持。

香港一直有具國際水平的頂尖運動員，李麗珊、黃金寶等名字我們不會陌生，精英運動員的整體水平亦有所提升，例如港隊在二〇一八年的亞運會便取得八金、十八銀、二十銅的佳績。在累積多年經驗及努力後，來到今屆奧運，可說是集合了資源、設施、科技、醫療、教練、運動員及訓練團隊的共同成果。此外，我認為運動員本人的鬥志、意志、堅忍、抗壓力最為重要，「牛下女車神」李慧詩克服傷患及逆境，兩次「復活」，最終在女子單車爭先賽中贏得銅牌，便是最佳例子。運動員展現的特質，有助帶動港人的活力及信心。

不能冷落失落獎牌的運動員

東奧後，喜見不同的團體對獲獎運動員提供獎勵。不過，在獎勵獲獎運動員之餘，我們不能落下失落獎牌的一群，畢竟能代表香港出戰奧運的，都是頂尖運動員，他們同樣付出了多年的努力及汗水，承受着巨大的壓力，才能踏足奧運舞台，即使臨場失準，即使與獎牌失諸交臂，同樣值得尊重及鼓勵，還有其他默默努力的運動員也一樣，可是行政長官日前宣佈的支援體育措施中，並沒包括他們。

檢討運動員薪酬機制

特區政府推動體育精英化，根據立法會民政事務委員會二〇一九年五月二十七日的文件《推動香港體育發展》（立法會 CB（2）1500/18-19（05）文件），香港體育學院大約有一千三百名精英運動員，當中有五百多名是全職運動員（包括五十多名殘疾運動員）。體院設有四個A*級、十六個A級及十三個B級精英體育項目，例如單車屬A*級、劍擊屬A級、跆拳道屬B級。而港人熱愛的足球則不在精英體育項目內，特區政府另有撥款予香港足球總會。

相對於運動項目的分類，社會更關注運動員的基本待遇。特區政府向精英運動員發展基金注資六十億元，可是全職運動員待遇偏低，傳媒報道有全職運動員的月薪僅七千一百三十元，而且薪金與比賽名次掛鈎，需持續在國際賽事保持前三分之二的名次。

傳媒報道港隊競步代表程小雅，她在二〇一九年亞洲錦標賽獲得銅牌，月薪一度由三千元增至二萬六千元，可惜她未能在東奧獲獎，據知來年薪金將減至一萬二千元左右。而先後六次為香港奪金的殘奧運動員蘇樺偉，更因為每月只有約三千元津貼而寧願轉職速遞員。雖然有人認為運動員屬「多勞多得」，我則認為是時候檢討這種「可加可減」薪酬機制，讓運動員有安穩收入，生活有保障才能全身心投入訓練。

特區政府應支持香港同樂運動會

至於體育盛事化，特區政府於二〇〇四年設立「M」品牌計劃，致力把香港打造成國際體育盛事之都，二〇一八年至二〇一九年度的《財政預算案》便撥款五億元予體育盛事配對資助計劃，支援香港馬拉松、世界女排聯賽、香港國際七人欖球賽等等國際賽事在香港舉辦。

說到體育盛事化及普及化，我就不得不提香港同樂運動會二〇二二了。同樂運動會來到第十一屆，香港好不容易拿到主辦權，而且是亞洲首辦，象徵香港是個開明、共融、支持平等機會的社會。預計屆時將吸引不同國家地區萬多人來港參加共三十六項體育項目，不單止有傳統的運動，也有電競等新興項目，而且歡迎不同種族、文化、性別、性取向的人士參加，即能同時達到盛事化及普及化的雙目標。即使香港同樂運動會二〇二二並沒列入「M」品牌計劃，特區政府都應該大力支持，至少確保主辦單位能租用足夠場地舉辦賽事，若特區政府對這項活動視而不見，便顯得眼光相當狹隘了。

「運動牌」不能治癒深層次矛盾

此外，今次能營造全城奧運的氣氛，主要是因為特區政府買下播映權，讓多個電視台、各大小商場也可播放賽事，聚集人流，把港人團結起來。不過，很多市民是認同「香港隊」而非「中國香港隊」，也有人噓國歌，因此，有意見認為這次奧運是加強了本土主義，反映港人的身份認同問題，仍有待處理。

最後，特區政府必須認清，奧運熱潮、市民掌聲，都是短期的，「運動牌」並不能治癒香港面對的深層次矛盾，特區政府仍然要卯足勁，拿出外防輸入、能盡快與內地通關、增加土地房屋供應、提振經濟、協助各行各業跨過逆境的有效政策。

二〇二一年八月十六日《經濟通》

政府巨額聘請顧問公司值得嗎？

二〇二〇年六月，特區政府推出「香港重新出發」計劃，與顧問公司 Consulum 達成一年合共約四千九百萬港元的公關服務合約，負責擬備傳訊策略、市場推廣及廣告宣傳計劃，重振外界對香港作為投資、營商和安居樂業之地的信心，塑造「香港品牌」。四千九百萬的巨額合約引起爭議，社會關注公帑是否用得其所？二〇二一年八月十八日的立法會大會上，民政事務局回覆我的書面質詢，指 Consulum 已完成本地及國際基線研究（local and international baseline research），並已「制訂和提交傳訊策略」、「分階段實行的計劃與信息」等。

所謂「基線研究」（baseline research）是指分析現況，奠定項目的基礎以作比較。在這個項目中，Consulum 選定了幾個「主要市場」和「亞洲競爭城市」。我相信他們在定義「主要市場」時考慮了不同領域持份者的意見及相關數據。單以貿易總值論，排行靠前的貿易夥伴有美國、新加坡、日本等地。至於「亞洲競爭城市」，則可能是參考《全球城市競爭力報告》等具代表性的世界排行榜，選定如東京、首爾等。

按此研究後的結果是，「主要市場」對推廣香港為「國際都會、多元共融、活力澎湃及連結全球」反應良好；而在亞洲地區內，香港是唯一具備「連接中國內地及亞洲市場」、「提供完善可靠和便利的營商平台」、「大都會生活模式」三項重要特質的城市。

接着便以研究結果為基礎，制訂宣傳策略，包括選擇合適的廣告媒介、預計受眾群體等。研究指出，香港有「優質的食府用膳」、可「參與世界級盛事」，又是個中西文化交匯處，估計吸引時尚達人和熱愛旅行者。按此方向，Consulum 或選取如 Monocle 等時尚潮流雜誌作宣傳平台。

然而，受到新冠疫情影響，特區政府稍後才會採用研究結果在海外展開宣傳，Consulum 也無法為宣傳計劃作績效評估。特區政府因此減少開支，最終需付約四千四百萬港元。這份公關服務合約已於二〇二一年七月完結，特區政府現階段也沒計劃聘用新的公關顧問服務。

我相信特區政府是看中 Consulum 獨有的資料庫和網絡，以其基線研究為例，相信便是從中選定受訪對象，包括熟悉香港的商會和企業、名嘴、旅遊節目導演和製作人（如熱中拍攝香港的已故主持人波登 Anthony Bourdain）、意見領袖等，從而協助特區政府了解「主要市場」對香港的觀感。然後把調查數據歸納整理成推廣信息，包括建議特區政府以「國際都會、多元共融、活力澎湃及連結全球」宣傳「香港品牌」。

然而，我認為這筆公帑花得不值。老實説，上述研究成果真是「阿媽係女人」，毫無驚喜，且本來就可於特區政府各部門和機構的網頁上找到相關信息。例如，金發局和金管局一直推廣香港是國際金融中心，早已把香港定義為「與內地緊密融合，並接通世界各地」的「亞洲中心地帶」。至於城市軟實力，旅發局的網頁上有各種「玩樂指南」，從「熱門景點」到「本地文化」多角度宣傳，連漁護署也設有「郊野樂行」網頁宣傳香港的戶外魅力。

事實上，特區政府大可自行作基線研究，不需外求，也可省下巨額外判費用。特區政府手握金發局、金管局、投資推廣署等對外部門和機構，他們各有各國的合作夥伴，有厚實的受訪群眾基礎，只需向合作夥伴派發問卷詢問關於香港的優勢，把他們的共同觀點加以整合拓展，相信也可了解國際如何看待香港，研究成果不會比 Consulum 遜色。

特區政府和各部門機構應充份利用資源，有機結合，例如政府新聞處國際推廣組應負責尋找合適的廣告媒介。此外便是提出新宣傳角度。香港在《二〇二一年全球城市安全指數報告》（Safe Cities Index）排行第八位；「全球正常化指數」（The Global Normalcy Index）香港更位列榜首，是疫情下經濟活動最快回復正常的地方。因此，「安全城市」、「疫情把控得宜」、「經濟活動回復正常」等均可納為新宣傳方向，向世界宣揚香港優勢。

二〇二一年八月二十五日及二十八日《明報》〈三言堂〉

公私營合作　有利基建融資

不論過去與未來，香港都有很多大型基建項目，而特區政府一貫的做法，就是向立法會財委會申請撥款，一般是按工程進度，例如可行性研究、填海工程、興建公共運輸系統等，分階段申請多次撥款，即是「攞完一筆又一筆」。

這種融資方式有兩大缺點，一是花費巨額甚至天價公帑，二是費時失事效率低，特別是以往泛民議員肆虐議會的年代，他們慣常以拉布等手段阻撓或否決這些工程撥款，整個項目便會拖延。

「明日大嶼」費時　遠水不能救近火

特區政府估計造價六千多億元的「明日大嶼願景」，一直飽受「倒錢落海」、「掏空庫房」、「一鋪清袋」等等批評。在一片爭議聲中，好不容易在二〇二〇年十二月四日的立法會財委會通過五億五千萬元的前期研究撥款，而單是這個前期研究報告便要做四十二個月，即二〇二三年才完成。可以想像，即使「明日大嶼」往後的進程及各階段撥款申請過程相對順利，待填海完成，還要建好鐵路、隧道等交通網絡，真的不知是何年何月了，遠水哪能救近火。

相對於這種又慢又無效率的融資方式，我認為特區政府應多採取「公私營合作模式」（Public-Private Partnership，簡稱PPP）為基建項目融資。立法會早於二〇〇五年已做過「公私營合作模式」的研究（RP03/04-05），報告指「公私營合作模式」的定義是「一種由公營部門和私營機構共同提供公共服務或進行計劃項目的安排，在這種安排下，雙方透過不同程度的參與和承擔，各自發揮專長，收相輔相成之效」，合作模式包括「興建─經營─轉移」、「興建─擁有─經營」、「購買─興建─經營」、「設計─興建─注資─經營」、「設計─興建─經營」等等。

歷年來，香港有很多大型發展項目都是以「公私營合作模式」進行的，各有成效，有跡可尋，值得參考。

早年建沙田新市鎮　邀發展商投標

香港最早採取「公私營合作模式」的項目之一，是在七十年代興建沙田新市鎮。猶記得一九六二年，十號風球「溫黛」風暴潮把海水推往吐露港，沙田、馬料水等地遭淹沒，大量住在山谷、低窪地區、木屋寮屋居民淹死，最終造成一百八十三人死亡、七萬二千人無家可歸。港英政府於是在七十年代就沙田新市鎮計劃填海，把山上規劃為火炭工業區，城門河兩旁則發展為房屋區。

當時，政府主動邀請私人發展商投標，於圓洲角一帶的海灣進行約五十六公頃的填海工程，工程完成後，百分之七十土地歸還政府發展公屋及社區設施，餘下百分之三十則用作發展私人住宅，即沙田第一城。

沙田新市鎮這個「公私營合作模式」的成功重點，是整項規劃由政府主導，發展商配合政府要求，當時在行政主導下，立法局並沒阻撓或拖延項目。

會展新翼工程　僅用三十九個月竣工

另一個成功的「公私營合作」項目，是灣仔海旁的香港會議展覽中心，由政府及香港貿易發展局共同擁有。會展第一期在一九八六年奠基，一九八八年開幕，採取「興建—經營—轉移（Build-Operate-Transfer, BOT）」模式，由私人發展商出資興建，並由發展商旗下公司管理及營運，特許期由一九八八年起計四十年。

到九十年代初期，會展場館已不敷應用，加上港英政府預視主權移交儀式即將到來，於一九九四年敲定第二期工程（即會展新翼），在舊翼對出海面興建一個面積為六點五公頃的人工島。

當時港英政府向立法局申請一筆過撥款，我是副工商司，第一次向立法局申請時，我的上司周德熙正值外訪，於是由我代表去立法局，可惜那次過不到關；後來周德熙回港，向議員大力游說，第二次順利過關，獲得四十九億二千萬元撥款，新翼工程順利展開，填海連興建上蓋前後只花了三十九個月便竣工，反映「公私營合作模式」的高效優點，一九九七年主權移交儀式亦順利進行。

三隧均採公私營合作模式

公共運輸系統方面，海底隧道（紅隧）、東區海底隧道（東隧）及西區海底隧道（西隧）均是採用「公私營合作」的「興建—經營—轉移」模式，獲批專營權的公司負責在專營期內興建、營運和維修保養隧道。在專營期內，例如調整隧道費等事務受相關法例規管；待專營期屆滿，隧道便回歸特區政府。

這做法可以節省天價公帑，並且利用市場規律加快興建工程，例如東隧在一九八六年八月獲批專營權，同年九月動工，一九八九年九月便竣工通車，工程只花了三年時間，比預期提早了四個月。

三隧的專營權均為三十年，紅隧的專營權早於一九九九年九月屆滿，東隧的專營權也於二〇一六年八月屆滿，因此紅隧及東隧已回歸特區政府；西隧的專營權則待二〇二三年八月才屆滿，目前由香港西區隧道有限公司營運。

「西九」棄公私營合作　多災多難

最後要提一個沒有採用「公私營合作模式」的項目，就是西九龍文娛藝術區。

回歸初期，有意見認為香港缺乏大型新景點，難以吸引更多遊客，向特區政府建議打造全新的文化區，建議把香港發展為亞洲文化藝術中心。董建華於一九九八年提出「西九龍文娛藝術區」這個構想，之後曾蔭權上台，正式將之列入《十大建設計劃》（二〇〇七年《施政報告》），並且根據《西九文化區管理局條例》成立了法定機構「西九文化區管理局」，注資二百一十六億港元。

當時特區政府已意識到，環顧世界各地的經驗，很多文化設施都難以自給自足，需要大量捐款或政府補貼，於是計劃採用「公私營合作模式」，企圖以地養藝術，用靚地收益吸引地產商包銷、負責發展，興建博物館、大廈、住宅、酒店等，即「設計—興建—經營（Design-Build-Operate, DBT）」模式。

最初特區政府採用單一招標的方式，據說當時太古地產已入標，並且提出了相當不俗的企劃，可是遭大肆抨擊「只益單一地產商」，於是特區政府推倒重來，邀請多家地產商合作，但是仍逃不過官商勾結等指控。最後特區政府再次打倒昨日的我，索性放棄「公私營合作模式」，獨自承擔天價興建費用及經常性開支，卻又遭詬病是大白象，吃力不討好。

就是這樣擾攘了二十多年，「西九」未見其利，管理局行政總裁已經換了四位，非議不斷，不禁令人聯想，若當初特區政府頂住壓力，堅持「公私營合作」，今日的西九龍文娛藝術區會否展現另一番光景？

據知管理局痛定思痛，「西九」餘下的項目均會以「公私營合作模式」進行；另一方面，啟德體育園則採取「設計—興建—經營」模式，我認為方向正確，是好的發展。

靈活基建融資　應對財赤

財政司司長早就指出，香港在未來五年都有結構性財赤，因此特區政府更應該考慮「公私營合作模式」的可行性，以靈活的方法推進「明日大嶼願景」及其他大型基建項目，例如成立特殊目標公司（Special Purpose Vehicle），善用香港這融資平台，邀請私人企業集資，既可節省公帑，減輕特區政府財赤壓力，也可將公司上市，讓市民成為股東，增加市民對該項目的支持，將來可享受該項目的發展紅利，同時可避過複雜冗長的官僚程序，利用市場規律加快項目進度，我認為特區政府須認真參詳。

二〇二一年九月一日《香港經濟日報》

擺脱官僚思維　制訂切實利民政策

我參加了五次立法會選舉，四度當選立法會議員，回望每一次的選舉經歷，我都有不同的體驗，市民的回饋也有不同的啟示。就像今次八個星期的立法會選舉，因為新選區劃界的關係，港島西選區包括東涌及離島，於是我花了不少時間走訪東涌，除了映灣園等私人屋苑，還有逸東、滿東、迎東及富東等屋邨。而無論我走到哪裏，市民普遍向我反映、他們最關心的，主要都是菜籃子的問題——買餸太貴了！

以往已有很多市民投訴領展霸權，指領展收購商場街市後，藉翻新街市抬高租金，趕走小商戶，引入連鎖店，導致菜價、肉價、海鮮價都貴得驚人，天水圍、屯門、東涌等多區居民都飽受貴餸之苦，也曾有天水圍居民向我大吐苦水，表示寧願跨區去元朗買餸，也不買天水圍的貴餸，可見問題有多嚴重。

東涌居民捱「天價肉」叫苦連天

這次我走訪東涌逸東邨，情況亦不遑多讓。領展把逸東街市改頭換面，並外判予建華集團管理，全新面貌的「香港街市」以懷舊香港為主題，裝潢美輪美奐，代價就是昂貴的餸菜！牛肉統一價一百六十元一斤，豬肉柳梅一百五十元一斤，真是「天價肉」，牛肉豬肉變了奢侈品，難怪居民叫苦連天！也有居民告訴我，即使他們願意跨邨，但是滿東邨街市地方細、肉檔也少，滿足不到需要。

東涌居民一直要求特區政府興建市政大樓，新民黨時任東涌區議員傅曉琳亦多番與特區政府周旋。二〇一八年，特區政府一度選址在東涌港鐵站A出口側興建公眾街市，可是遭居民反對。部份居民認為選址距離屋邨太遠，例如滿東邨居民要等十五分鐘一班接駁巴士，花十分鐘車程抵達東涌港鐵站，加上回家的車程，那麼買餸的來回時間便很長；另有居民認為選址本身是十分繁忙的公共交通交匯處，興建街市並不合適；也有居民認為，如街市建在港鐵站旁邊，租金將會較高，屆時菜價肉價也不會便宜到哪裏去。

臨時街市工程　只聞樓梯響

興建公眾街市一再拖延，直至二〇二一年六月，特區政府宣佈在東涌港鐵站側興建臨時街市，惟事隔半年，仍未見工程展開。

另一個失敗例子是西營盤街市，地點不就腳，地方細檔口少，人流冷清生意欠奉，特區政府要求西營盤街市的檔主搬去正街街市的頂樓，檔主們卻不願意；相對地，石塘咀街市、大埔街市、鴨脷洲街市算是較成功例子，做到交通方便、價廉物美、人流如鯽，其中鴨脷洲街市還有「香港版築地」之稱。換句話說，市政大樓或中央街市並非一定成功，若選址不方便、檔口不夠多、價格不親民，便難以吸引居民幫襯。

放下規劃限制　便利社區檔販經營

除了東涌，我還走訪上環、西環、堅尼地城一帶，看到截然不同的風景，找到便宜又受歡迎的「實惠肉」。不用走入市政大樓或街市，街上很多社區肉店、菜店，例如標榜「不賣隔夜肉」的，強調肉類新鮮，隨時有折扣，平買平賣，豬肉柳梅八十五元一斤，只是東涌肉價的一半，難怪經常排長龍；也有主打本地菜、有機菜的檔口，各適其適，人頭湧湧。

此外，賣兩餸飯的也十分旺場，我曾在中午幫襯過兩餸飯，排隊輪候了十五分鐘左右，兩餸、白飯加例湯，盛惠三十多元，非常抵食，可供打工仔及基層醫肚。經營兩餸飯不用很大的門面，不用大量侍應等人手，入場及營運成本自然比一般食肆低，所以雖然疫下經濟低迷，兩餸飯卻如雨後春筍開遍大街小巷。

說了這麼多，若特區政府真心為市民的菜籃子着想，不想市民買得貴食得貴，便應放下各類規劃限制、放下官僚思維，以靈活的方式方便更多社區肉檔、菜檔、海鮮檔經營，當這些檔口開得成行成市，價格下調，市民自然有更多選擇，不用再捱霸權下的貴街市；而要做到這些，官員們首先要多落區、多考察、多研究，總比出席宴會飯局有價值。

特區政府另一敗筆離地之作，非美食車莫屬。回想二〇一五年，時任財政司司長曾俊華於《財政預算案》宣佈推動「美食車先導計劃」時，原來他並不知道要發牌；後來因為牌照問題，美食車只能定點經營，不能「通街走」。當時在立法會會議廳內坐在我隔壁的陳婉嫻議員嘀咕，若要發牌給美食車，不如重新發牌給流動熟食小販？

至於曾俊華把美食車定位為吸引遊客的旅遊項目，撥歸商務及經濟發展局負責，我更覺匪夷所思。我理解曾俊華曾在海外留學，會對當地便宜又美味的美食車食物回味無窮，正如我在美國史丹福大學進修時，也喜歡幫襯一輛經常停在校園內、售賣中式食品的美食車，一碟滿滿飯餸只是五美元，對學生而言非常抵食。

港府缺營商思維　美食車離地敗筆

不過，外國的美食車不是旅遊項目，而是切切實實的本地經濟，美食車經招標、發牌後，可以在學校、球場等地方大、人流多的地點經營；香港的經營環境恰恰相反，香港地小路窄，美食車停在市區只會阻街，再加上牌照限制，最終只能在偏遠人流少的「景點」定點經營，生意自然冷清，久不久便聽到有營運商退出計劃，美食車買少見少。「美食車先導計劃」的失敗，反映特區政府欠缺營商思維，官員必須汲取教訓，深入了解市民的真正需要，從而制訂切實可行的利民政策，才能讓廣大市民受惠。

二〇二二年一月十二日《香港經濟日報》

調整抗疫策略　重啟經濟免積民怨

第五波疫情非常嚴峻，二〇二二年二月八日錄得六百二十五宗確診個案，是抗疫兩年來的新高！有專家指出，疫情初期，病毒的感染傳播率是一點二五，即一人傳染一點二五人，但現時 Omicron 變種病毒是一傳八，傳播力驚人；加上多個地區檢測到污水呈陽性，四周都在圍封、強檢，反映社區有多條隱形傳播鏈，疫情已擴散至港九新界及各行各業，衞生防護中心傳染病處主任張竹君醫生亦估計，農曆新年後拜年群組出現，確診數字將以幾何級數增加，屆時一日千宗也不為奇。

行政長官於二月四日宣佈，將擴大疫苗通行證的表列處所類別、重設火眼實驗室及推行家居檢疫，亦於二月八日公佈收窄各項防疫措施，包括堂食限二人一枱，關閉髮型屋、宗教場所等更多表列處所，以及禁止兩個家庭在私人處所進行跨家庭聚會等。

然而，抗疫兩年來，上述這種「爆疫、關閉處所、減少聚集」的招數，已經重複使用多次，在面對傳播力驚人的 Omicron 變種病毒，仍然管用嗎？食物及衞生局局長陳肇始也説，這只是拖慢傳播，我亦認為持續這些招數將令經濟再受打擊，社會將付出沉重代價。

疫境限聚經濟陷困　消費券作用微

在這樣的疫境下，不單禁了晚市堂食，健身院、美容院、酒吧等很多行業都要停業（關閉表列處所），各行各業的僱主和從業員生計都沉苦海。有政黨及議員要求特區政府再派消費券，我理解他們的良好意願，但是我們要審時度勢，即使新民黨是在二〇一九年最早提出派發消費券的，惟面對第五波疫情，我認為再派消費券已無意義。

根據特區政府的統計數字，在消費券有效期內的二〇二一年十二月，零售業總銷貨價值的臨時估計較二〇二〇年十二月只上升了百分之六點二，反映消費券的提振經濟作用已經減弱；而且在禁晚市堂食、大量行業停業的情況下，再派消費券也無處消費。此外，市民不能使用消費券交租、交電費水費，對於身陷經濟困境、特別是手停口停的基層市民而言，幫助很微。

派錢精準支援　為防疫基金補漏

與其再派消費券，不如直接派錢，精準支援最需要幫助的市民。過往四輪防疫抗疫基金千多億紓困措施，未能惠及自僱人士、零散工人，我收到不少自由音樂人、舞蹈表演者、私人教練、補習老師、攝影師、打燈師、酒吧散工的求助，他們大多沒有強積金證明，卻實實在在手停口停，我認為特區政府應向他們發放特惠津貼。至於如何識別這些人士，我認為有很多方法可以用，例如申報制度，或者要求他們宣誓（若發現行騙可提告）等等，只要官員摒棄官僚思維，願意靈活處理，我相信一定有方法可解決。

增疫苗通行證要求　提高接種率

除了改變發放津貼的標準，特區政府更應改變抗疫策略，若持續重複「爆疫、關閉處所、減少聚集」的招數，只會事倍功半。我認為特區政府應在疫苗接種、加強檢測及追蹤個案三大方面再做工作。

首先，相對於關閉大量處所、各行各業陷入停頓，影響市民生計，不如容許他們繼續營業，但是提高疫苗通行證的要求，要求員工須已接種疫苗才可上班，市民也須打了針才可光顧等等。此外，很高興行政長官接納新民黨立法會議員黎棟國的建議，修改疫苗通行證「完成接種疫苗」標準為完成三針接種，以進一步提高疫苗接種率。

防市民逃避檢測　免走漏個案

第二，加大檢測能力非常重要，特區政府已經十分努力，甚至疲於奔命，相關人員的辛勞亦有目共睹。行政長官已宣佈重設「火眼實驗室」，並向廣東省提出協助要求，增加檢測人員來港支援，以加大每日檢測量至三十萬次，同時會向市民派發快速測試包等等，這些都是正確的措施，我十分支持。

不過，如何防止走漏個案呢？若有收到「安心出行」程式「強制檢測公告通知」或必須接受檢測的市民，仍然逃避不檢測，特區政府有沒有足夠的法律及機制去處理或懲罰，以確保有感染風險的市民有做檢測呢？

此外，有政黨及議員希望中央政府派出「國家隊」來港進行全民檢測，彷彿他們是天兵下凡，來港一次便瘟疫盡除，可事情並非如此簡單，即使進行全民檢測也不是只做一次便可，長期依賴「國家隊」也不是辦法。

安心出行實名追蹤　保公共健康

第三點也是最重要的一點，就是如何提高追蹤確診個案及密切接觸者的速度和效率。

香港號稱先進城市，但是一直沒有善用科技抗疫。猶記得望月樓群組爆發，「個案追蹤辦公室」借調大量紀律部隊人員，使用追蹤八達通、信用卡消費記錄，甚至翻看閉路電視片段等刑事偵緝手段來找出相關食客，這種做法耗用大量人手，據悉目前有超過一萬名在職及已退休紀律部隊候命，但是相信再多的人手，也敵不過 Omicron 病毒的傳播速度。

疫情當前，我認為保障生命及公共健康，比保障私隱更重要，可是特區政府一直陷於「侵犯私隱」的迷思，不敢在「安心出行」程式加入實名登記追蹤功能，我認為這就是無法「快、狠、準」地遏止疫情的根本原因。

其實早於二〇二〇年初疫情爆發時，行政長官已會同行政會議，根據香港法例第五九九章《預防及控制疾病條例》第八條《公共衞生緊急事態規例》，確認香港進入「公共衞生緊急事態」，從而有法律基礎，訂定之後的各種防疫條例，例如限聚令、社交距離限制、關閉表列處所、入境限制等等。

此外，《公民權利和政治權利國際公約》（ICCPR）第四條列明，「如經當局正式宣佈緊急狀態，危及國本，本公約締約國得在此種危急情勢絕對必要之限度內，採取措施，減免履行其依本公約所負之義務」，換句話說，在「公共衞生緊急事態」下，可某程度凌駕個人私隱保障；而特區政府收集及使用個人資料，也受香港法例第四八六章《個人資料（私隱）條例》約束，因此若特區政府因應「公共衞生緊急事態」而在「安心出行」（或其他程式）加入追蹤功能，並無違法。

據了解，內地個別省市運用電訊網絡，當有確診者在某時段於某電訊網絡覆蓋的範圍內使用手提電話，同一時段在該網絡範圍活動的人士便會自動收到強制檢測短訊；新加坡政府則強制人民實名採用「合力追蹤」（TraceTogether）手機程式或「便攜防疫器」（Token），利用藍牙功能記錄用戶行程，快速辨認密切接觸者。

參考內地經驗　擺脱「侵私隱」心魔

既然內地及其他國家地區做得到，反映運用科技追蹤個案並非難事，而且一定會提升效率，有利堵截傳播鏈。可惜在「侵犯私隱」的心魔下，特區政府沒有膽量做這一步，「安心出行」程式淪為創新及科技局局長薛永恒於立法會大會所指，只是「為市民提供一個便利的數碼工具去記錄進出不同場所的時間」，荒謬又諷刺。

新民黨一月二十四日向財政司司長陳茂波致函，要求特區政府因應第五波疫情，向防疫抗疫基金注資不少於二百億元，以推出更多紓緩措施及津貼，精準支援最有需要的市民，很高興行政長官接納新民黨的建議，並於二月八日宣佈將向立法會尋求二百六十億元注資；不過第五波疫情勢必持續一段時間，二百六十億未必足夠，特區政府應視乎實際情況再加碼。

最後，特區政府應盡快調整抗疫策略，以求遏止疫情、重啟經濟，否則市民又將累積怨氣，不利社會穩定。

二〇二二年二月九日《香港經濟日報》

第六輪防疫抗疫基金能救市嗎？

二〇二二年二月十五日下午，立法會經過四個多小時的提問，通過了第六輪防疫抗疫基金二百七十億元的撥款。根據立法會財務委員會討論文件（FCR（2021-22）82），除了向防疫抗疫基金注資二百七十億元，其他措施包括「延長為開辦課程貸款計劃下的自資專上院校、非牟利國際學校及學生貸款的還款人提供的免息延遲償還貸款兩年」，以及「為漁業發展貸款基金借款人提供一次性為期一年的免息延期償還貸款安排」。此外，特區政府將於第六輪防疫抗疫基金預留六十六億元，「於公營及私營機構創造額外三萬個有時限性的職位，涵蓋擁有不同技能及學歷的人士」。

兩年來抗疫開支達四千六百八十億元

財政司司長陳茂波在立法會辯論《施政報告》致謝議案的會議上，明確指出特區政府在這兩年來的抗疫開支達四千六百八十億元，當中包括共六輪防疫抗疫基金下的資助，例如「補就業」計劃、各類紓困措施、推行普及社區檢測計劃（二〇二〇年）及撥款予醫管局購買藥物及醫療物資等等。

那麼，我們要問問特區政府，花了四千六百八十億元，有沒有成功救市？紓緩了多少經濟壓力？又有沒有成功遏止疫情？我們看看香港的經濟數據便會心中有數。

根據二〇二〇年至二〇二一年度的《財政預算案》，特區政府的修訂預算是八千二百四十億元。財政司司長本來預測今年度的赤字將達一千零十六億，但因為最近賣地收入理想，赤字將大幅減少，可能還會有些少盈餘。二〇二一年至二〇二二年度，香港的本地生產總值（GDP）是二萬八千五百九十八億元，政府支出（government expenditure）是七千七百一十三億元的話，即大約佔GDP的百分之二十七；另外則靠市民的消費（consumption）及企業的投資（investment）。香港素來信奉小政府大市場，約佔GDP三分之一的政府支出已算頗高，因為抗疫而增加了開支。但是以二萬多億元的GDP總額來說，二百七十億元的第六輪防疫抗疫基金，卻又微不足道。而從第五波疫情爆發的嚴峻情況看來，過去的抗疫措施，對挽救本港經濟的成效有限。

「臨時失業支援」有好過冇

在疫情重擊下，特區政府關閉了大量處所，各行各業停運，百業蕭條，愈來愈多人沒有入息，甚至失業，但是政府補助只屬支援，沒法補足市民的全部收入，更不足以抵銷疫情造成的經濟萎縮。

第六輪防疫抗疫基金共推出四十八項補助，大部份都是複製過往五輪基金的項目，即是以特區政府沿用的發牌制度、關閉的表列處所、停運或深受打擊的行業、強積金記錄，來識別支援對象，換句話說即是一直在其規管範圍內的業界及人士，才能獲得援助。因此，過去兩年來，新民黨和我一直為上述識別範圍外的人士爭取補助，例如美食廣場內的檔主、自由工作者、自由音樂人、健身教練、私人補習老師、租船東主等等。第六輪基金終於新增了三十億「臨時失業支援」，補助由二〇二一年十二月底起失業而月薪不超過三萬的人士，每人可獲一次性一萬元補助。特區政府這是後知後覺，但總好過不知不覺。

精準補助基層市民

財政司司長陳茂波將於二月二十三日宣讀新一份《財政預算案》，之前一直有聲音要求派發新一輪消費券，我則認為以目前的市況來說，派消費券無大作用。的而且確，消費券的本質是為了提振經濟，主要是八達通、電子支付平台、飲食及零售業受惠。對於現在最「等錢使」，需要現金交租、交水費電費或者「睇病」的基層市民、失業人士來說，消費券作用近零。

特別是食衛局局長陳肇始強調有可能進一步收緊各項防疫措施，若再關閉更多處所，停營更多行業，禁止更多活動，市面水靜鵝飛，談甚麼消費？再派消費券也無補於事了。因此，相對於消費券，我認為財政司司長更應該派錢，特別是要預測疫情還會持續多久，延長「臨時失業支援」，精準補助最有經濟困難、最需要幫助的「劏房」戶、基層市民。

總書記習近平說「控疫壓倒一切」，國務院港澳辦主任夏寶龍說「非常時期要有非常之舉」，目前香港就是處於抗疫臨界點，財政司司長能否在新一份《財政預算案》提出「非常之舉」，將會是廣大市民能否捱過經濟逆境的關鍵。

二〇二二年二月二十二日《經濟通》

盡快公佈全民強檢細節　杜絕揣測

二〇二二年二月二十二日傍晚，行政長官會見傳媒，全面交代其抗疫工作，指出在中央政府大力支持和協助下，香港的每日檢測量可提升至每日一百萬次，計劃於三月推行全民強制檢測（Compulsory Universal Testing, CUT），以達致「須檢必檢」。行政長官當時公佈的計劃，是仿傚換身份證的做法，市民根據出生年份網上預約，三星期內檢測三次，每次檢測期間市民要每天做快速測試，檢測中心亦會有關愛安排等等。不過，當時行政長官的計劃並不包括禁足，說「不現實」。

信息混亂惹恐慌　超市「清零」

公佈一出，社會熱議，新民黨當晚便發出新聞稿，表示對上述做法有保留。其後新民黨常務副主席黎棟國和我多次公開發言及撰文，提出多項推行全民強制檢測的執行建議，包括三星期太長，應壓縮至七至十日，建議以同住家庭為單位（而非出生年份），一家人一起去檢測，並且應該禁足等等。

一星期後，有參與援港工作的國家衞健委醫政醫管局副局長李大川於二月二十七日接受傳媒訪問，他表示「在全員檢測期間採取封控措施（禁足），把人員檢測流動降到最低水平，顯然是對全員檢測效果是最理想、也是最好的。」之後特區政府便轉口風，食衞局局長陳肇始表示，不排除禁足的可能性，行政長官的回應也變成「這方面我們現時正在評估中」。

大抵正是特區政府語焉不詳，全民強檢的日子和細節又說不出來，加上真假資訊充斥，於是毫不意外地引起市民恐慌，市民四出搶購食物和物資，超市「清零」。我收到很多本地及外籍市民的投訴，有人擔心一旦檢測陽性，年幼子女要和家長分開隔離；有人擔心隔離設施簡陋；外籍人士則擔心會有「武漢式 lockdown」，認為措施苛刻。

市民有各種疑慮可以理解，也容我在這裏再次說說我的看法和建議。

禁足非封城　可容許區內買必需品

首先，我認為全民強檢是應該配合禁足的。道理其實很簡單，若市民做了檢測後，在未知結果是陽性或陰性前，又繼續在市面上走動，豈不是有機會繼續傳播病毒？那麼做全民強檢有何意義？效果勢必事倍功半，那就浪費了中央政府投入的人力物力，派來那麼多抗疫專家、檢測及採樣人員，又助港援建火眼實驗室、方艙醫院等設施，也浪費了市民的配合。

不過，禁足不等於封城或lockdown，不是全港七百多萬人同時留家、不准移動，畢竟如此龐大的行動需要很多工作人員，緊急服務提供者也必須候命，這些人員可在正式全民強檢前先做檢測，也可當作預演；強檢期間或可容許檢測陰性的人士外出購買必需品，但必須限制於小區範圍內，避免跨區流動；至於金融服務，已可在網上雲端處理，市民不用擔心，也不用停頓。

第二，我認同行政長官於二月二十八日所說，全民強檢要做得徹底、要快速、要有序、更要有效。換句話說，要三星期才完成三次強檢，市民太折騰，經濟也承擔不起；以市民出生年份來排隊，並不見得會快速有序；強檢期間若不禁足，全民強檢變成「半桶水」，又怎能徹底抽出患者及隱形傳播者、怎能達致「動態清零」的最佳效能？

倘消極「躺平」　恐現「陪死現象」

第三，有專家估計，全港已有一百七十萬人曾在第五波染疫，目前公佈的確診數字遠比實際感染數字低，可能有市民已感染但沒病徵而不自知、有市民可能症狀輕微自行痊癒、亦有市民可能怕隔離或要搵食，即使快測陽性也不呈報。

截至三月七日，第五波疫情已造成二千零七十四人死亡，年齡介乎十一個月至一百零四歲，而根據最近統計，死亡個案中佔九成是沒接種疫苗的。因此，疫情再發酵下去，每天過十萬陽性個案也不為奇，而死亡人數也會不斷增加。

根據外國的疫情模式，有專家估算疫情將在三月底「見頂」，若我們仿傚西方的「躺平」做法，甚麼也不做，不理會多少人染疫死亡、不理會犧牲多少長者幼童的生命，那是極度消極的做法，代價太大，我絕不認同；此外，更有醫生警告，一旦醫療系統崩潰，會有其他非新冠病人因為缺乏適時治療而死亡，若發生這種「陪死現象」（collateral death），將會是香港的重大悲劇。

檢測中心要夠多　可參考區議會選舉

第四，要在短時間內完成三次全民強檢，關鍵在於檢測中心要夠多、開放時間要夠長，甚至要如選舉投票站般「梗有一間喺左近」，因此大量徵用學校作為檢測中心合情合理，可讓市民就近檢測，避免跨區交通往來。

我建議參考區議會選舉的規模，區議會選舉把全港分成四百多個小選區，投票日當天開設六百多個投票站，動員數萬公務員；而從接近七成投票率的二〇一九年區議會選舉可見，投票日當天各投票站大排長龍，換句話說，全民強檢即使開設六百間檢測中心也不足夠，特區政府要好好評估人流，計算所需檢測中心的數量，以及每間中心的開放時間。

須初期堵截 動態清零非零感染

第五，國家衛健委新冠疫情應對處置工作領導小組專家組組長梁萬年已公開說明，「動態清零」不等於追求零感染，而是「快速發現，快速處置，精準管控和有效救治」；相反，「作為慢，動作不夠快，措施不落實，那個是不容許的」。

事實上，內地也不是零感染，但各省市政府應對疫情措施精準嚴厲，即使出現確診個案，每每能在爆疫初期成功堵截傳播鏈，避免大爆發；而為了應對香港幾近失控的疫情，中共中央總書記習近平發出了「控疫壓倒一切」的重要指示，中央政府投入了源源不絕的物資及支援，是對港人的生命健康作了最大的保障。

此外，最近內地特別是廣東省都有香港輸入個案，反映香港疫情與內地密不可分，遏止香港的疫情對內地管控疫情同樣重要。

商界常常說「長痛不如短痛」，為避免無了期痛苦，經濟持續萎縮，百業蕭條，愈來愈多人失業，我相信商界也會和特區政府配合，一起抗疫。

揪出患者穩定疫情　重啟經濟

總結而言，香港已在抗疫臨界點，不論為了自己還是為了國家，即使全民強制檢測的規模有多龐大、執行難度有多高，我認為都值得「的起心肝」去做，並且要盡快做，揪出陽性個案及隱形傳播者，即使不能一下子清零，感染個案也會大跌，務求把疫情穩定下來，屆時表列處所得以重開復業，經濟重啟，甚至能和內地通關，與外地恢復人員往來，市民回復正常生活。

特區政府目前要做的，是盡快公佈全民強檢的細節，杜絕各種揣測，精準調動公務員、紀律部隊、各類社團及義工組織，最重要是誠懇地呼籲市民配合。我相信全民一起努力，強檢必可達成。

二〇二二年三月八日《香港經濟日報》

疫後調研

第五波疫情爆發短短兩三個月，造成廣泛感染及高死亡率，單日確診個案持續在「高位橫行」。截至二〇二二年三月二十日，衞生署衞生防護中心公佈第五波疫情累計有一百零三萬人確診，但是其他專家顧問估算已有二百七十萬人感染。而第五波累計有五千六百五十六人死亡（首四波有二百一十三人死亡），已超越當初武漢的死亡人數三千八百六十九人，死亡個案包括未夠一歲的嬰兒及大量長者，叫人痛心。

我相信待疫情結束後，香港將會成為國內外的研究案例，研究方向包括：

一、為甚麼香港這樣的先進城市會在短時間內疫情大爆發？

二、為甚麼第五波疫情死亡率這麼高？

三、特區政府的抗疫策略出了甚麼問題？是否在「動態清零」與「與病毒共存」之間失了分寸？

四、疫情對香港有甚麼長遠影響？

特區政府早察覺 Omicron 的危險性

Omicron 是在二〇二一年十一月二十四日首度在南非發現的，此後迅速擴散至全球一百六十五個國家。丹麥有研究指 Omicron 的傳播力（Reproduction Number，RO）是 Delta 的三點一九倍，日本研究更指是四點二倍。換句話說，當 Delta 是「一傳五」的時候，Omicron 能「一傳二十」。此外，Omicron 的「家庭二次侵襲率」（Household Secondary Attack Rate）也很高，若一個同住家庭內有一人感染了 Omicron，其他家庭成員的感染率介乎百分之十四至五十。

世界衛生組織隨即在十一月二十五日宣佈把 Omicron 列為「值得關注的病毒株」（Variant of Concern, VOC），特區政府及專家小組不可能不察覺 Omicron 的危險性，那麼香港為甚麼仍會大爆發？我認為至少有三個結構性因素，在這裏探討一下。

接種疫苗的速度追不上 Omicron 的傳播速度

第一個結構性原因是疫苗接種率低。香港是在二〇二一年二月開始「二〇一九冠狀病毒病疫苗接種計劃」的，至今一年，但是在第五波爆發前的全港疫苗接種率仍偏低，長者的接種率就更低，因此造成長者高死亡率。衞生署衞生防護中心傳染病處主任張竹君醫生在三月二十日的疫情記者會表示，在死亡個案中，打齊針的死亡率只有百分之零點零九，而在八十歲以上長者的死亡個案中，沒打針的死亡率高達百分之十五、打了一針的死亡率則是百分之五點五九，反映了疫苗的保護力。

首先是疫苗推出初期，特區政府未能掌握話語權，未能有效傳達接種疫苗的好處，相對地，日復日出現各種副作用個案，造成市民有「疫苗猶豫」，再加上當時疫情有所放緩，市民感受不到接種疫苗的迫切性。

第二，特區政府沒有提供誘因大力「谷針」。其實當時社會上有很多「谷針」建議，例如派錢、送超市或百貨公司禮券等等，可是特區政府都沒有接受。後來是各大企業、團體和政黨各施各法，送車送樓送現金大抽獎來幫特區政府「谷針」，新民黨也有舉辦「谷針」大抽獎。

第三，特區政府不敢立法強制市民，特別是長者，必須接種疫苗。即使來到今天長者死亡率那麼高，特區政府仍沒有立法打算。即是軟的不做，硬的也不做。

直至第五波一發不可收拾，特區政府才在二月公佈「疫苗通行證」計劃，要求市民分三個階段打齊三針，才可進出一系列政府場所、表列處所、商場街市及學校；也是在後期才開放三至十一歲的兒童接種疫苗。至於安老院舍長者方面，雖然公務員事務局局長於三月四日說會於兩週內為全港安老院舍長者接種疫苗，但是有傳媒揭發私營醫療機構因為院舍已爆疫而不肯前往，而「院舍新冠疫苗外展接種協調中心」要拖至三月九日才終於成立，進展可想而知。

來到三月二十日，即疫苗接種計劃推行一年後，十二歲以上的第一針接種率才達到百分之九十一點五，而三至十一歲兒童的第一針接種率只是剛剛達到百分之五十七，院舍長者首針接種率只有百分之五十五，可見市民接種疫苗的速度遠遠追不上 Omicron 的傳播速度。

沒有及早防範安老及殘疾院舍爆疫

說到安老院舍，我認為特區政府沒有及早防範安老及殘疾院舍爆疫，是第二個結構性問題。

香港安老院舍類別繁多，總數大約有一千間，殘疾院舍則約有三百間，但是宿位長期供不應求，立法會議員常常詬病「長者等候住進院舍，往往等到死也等不到」。在有限的資源下，院舍環境擠迫，人手不足，缺乏照顧員護理員，未必能提供足夠的醫療服務，遑論嚴謹的防疫意識。因此，院舍內一旦有人確診，便很容易導致院內爆發。

其實自從新冠疫情爆發以來，英國、加拿大、澳洲等多個國家都是由院舍爆發開始的，但是特區政府並沒有汲取這些「前車」的經驗，沒有及早推出措施防範院舍爆疫，也沒有及早推高院舍長者的疫苗接種率，導致逾半院舍爆疫，而在長者死亡個案中，也有逾半是本居於院舍的。

早前有院舍把大批染疫長者送到醫院，但是醫院已經超負苛未能收治他們入院，只能讓他們在寒天下露天度宿，十分淒涼。後來醫院欲把輕症或康復長者送回院舍，院舍竟然不接收。當時特區政府的處理方法仍是派錢，希望增加院舍津貼了事，直至後期才想到利用體育館、啟德郵輪碼頭轉為長者暫託中心，並且動員醫科生及護理生當值，也已太遲，已有很多長者失去了生命。

公營醫療體系超負苛

公立醫院因為超負苛而未能及時收治染疫病患，是第三個結構性因素。事實上，公私營醫療失衡、公立醫院超出負苛，前線醫護人手不足，是香港長期面對的老大難問題，疫情只是把問題進一步暴露於公眾眼前。

香港的公營醫療體系類似英國的國民保健署（National Health Service, NHS），以極低廉的收費提供相當不俗的醫療服務，市民素來傾向有病就去排門診、去急症室，專科的輪候時間非常長。公立醫院內很多住院病人都是長者、長期病患者，他們長期進進出出，佔據大量病床及醫療資源。疫情爆發後，醫管局似乎亂作一團，未能快速應變，調動醫療資源，雪球愈滾愈大，前線醫護做到崩潰。此外，特區政府最初也未能動員私家醫院協助抗疫。

直至國家衛健委新冠疫情應對處置工作領導小組專家組組長梁萬年來港指導，清楚指出香港應該優先實現「減少感染、減少重症、減少死亡」，以及建立「分層分流的診療體系」，醫管局才把伊利沙伯醫院轉為指定醫院，專門收治新冠患者，私家醫院才協調接收公立醫院的非確診病人。

今後，特區政府應仔細研究如何減輕公營醫療體系的負擔，例如加強推動基層醫療，提高家庭醫生的重要性，減輕市民對公立醫院的依賴。否則，若不幸再有疫情爆發，只會重蹈覆轍。

「外防輸入，內防擴散」失敗

至於爆發第五波疫情的近因，是特區政府未能穩守「外防輸入，內防擴散」，失敗了。國泰容許機組人員「客機去，貨機返」，機組人員抵港後在家隔離期間竟然不用戴手帶，而且違反隔離規定擅自離開住家，即是監察工作存在重大漏洞。巴基斯坦籍女士回港後在隔離酒店感染，即是酒店的防疫管控不夠嚴密。此外，基於中國人的過年拜年傳統，特區政府沒有「狠下心」禁止拜年聚會，於是農曆新年一過，確診個案便以幾何級數上升。

特區政府自以為「快狠準」地禁了晚市堂食，關閉大量表列處所，連髮型屋也要關閉，又突然宣佈學校「提早放暑假」，但是這些都是一再重用的舊招，卻未能精準應對傳播力驚人的 Omicron，而且對經濟民生造成沉重打擊。

香港兩頭不到岸

內地最高級別抗疫專家梁萬年權威地解釋，「動態清零」不等於追求零感染，而是「快速發現，快速處置，精準管控和有效救治」，即重點在於「動態」。深圳市政府在三月十四日宣佈「封城七日、全民做三次強檢」，鹽田等五區在五天後便實現「動態清零」，可解封回復正常運作，便是做了一次示範。

香港目前仍未能實現「動態清零」，同時有專家、商界、外國投資者鼓吹仿傚西方「與病毒共存」，要求取消航班「熔斷機制」，讓他們回復與海外往來經商，以維持香港國際金融商務中心的地位。行政長官於三月二十一日宣佈四月一日起取消九個國家的禁飛安排。

西方國家，甚至新加坡，為了政治及經濟理由而開放「與病毒共存」，放寬防疫措施，回復國際人員往來，市民回復自由活動；但是「與病毒共存」等如「躺平」，不符合國家的「動態清零」政策，香港若要與內地通關，便要和內地的抗疫策略及目標一致。

很無奈地，香港夾在「動態清零」與「與病毒共存」之間，兩頭不到岸，亦兩面不討好。既未能實現「動態清零」，市民出現抗疫疲勞，怨聲載道，國際投資者紛紛撤離，經濟大受打擊。行政長官於三月二十一日宣佈四月二十一日起分三階段放寬社區隔離措施，而傳聞了一個月的全民強制檢測更成泡影，引起社會新一輪爭議。

邀請內地專家參與調研

特區政府的抗疫策略未能發揮積極作用，猶幸中央政府大力支援，派出梁萬年等國家級專家來港指導，抗疫方向漸見明朗，社會各方亦動員起來。我沒有水晶球，不知道疫情還會持續多久，但是疫情過後，我們必須作深入調研，檢討特區政府抗疫策略、公務員架構及應變機制、醫管局的管理及資源分配、如何加強對長者的保障等等。除了特區政府官員、專家、學者、立法會議員，也需要邀請內地的公共衛生專家參與研究，為了更好的香港而努力。

二〇二二年三月二十二日《經濟通》

安老院舍問題多　疫後須改革

第五波疫情爆發至今，單日確診個案慢慢回落，二〇二二年四月四日錄得三千一百三十八宗個案，普遍認為高峰已過，但是每天仍有百多人死亡，截至四月四日累計死亡人數已達八千零四十九人，當中絕大部份是長者，超過九成死亡個案為六十歲或以上，死亡年齡中位數為八十六歲，最高齡死者為一百一十二歲，反映長者是第五波疫情的最大犧牲者。長者一生為香港辛勞付出，如今在疫下失去生命，是每一位香港人所不願見的。

根據衞生防護中心資料，目前已有七百八十間安老院舍爆疫，累計死亡個案中，院舍人士佔大約五成半，可見安老院舍是重大的防疫漏洞，爆疫原因包括院舍地方細、床位逼，客觀條件做不到負壓病房或隔離房間，又長期人手不足，加上第五波疫情前，絕大部份長者也沒有接種疫苗，一旦有人染疫，便很容易引致院內爆發。

其實院舍爆疫在世界各地也有發生，但是特區政府並沒有借鑑經驗，及早應對。

及早應對人口老化　保護長者

更值得留意的是，根據政府統計處《香港人口推算二〇二〇至二〇六九》，推算六十五歲及以上長者的人口，在未來二十年將增加近一倍，長者人口將由二〇一九年的一百三十二萬（佔總人口百分之十八點四），增加至二〇三九年的二百五十二萬（佔總人口百分之三十三點三），再增至二〇六九年的二百五十八萬（佔總人口百分之三十八點四）。

人口老化急劇，安老護老將會是重要課題，未來對安老院舍的需求必定有增無減，特區政府要及早應對，改革安老政策，優化院舍服務，不單是為了防範下一波疫情來襲，更是為了保護長者，讓他們有尊嚴地好好生活。

近年，社會福利署的實際開支大幅激增，由二〇一一年至二〇一二年度的四百二十二億元，倍增至二〇一九年至二〇二〇年度的八百六十二億元，再增至二〇二〇年至二〇二一年度的九百零五億元。不過，運用在安老服務的開支很少，二〇二〇年至二〇二一年度只有一百一十四億元（百分之十二點七），比起社會保障開支六百二十五億元（百分之六十九點一），實在小巫見大巫。

制度化繁為簡　便利市民省成本

除了資源不足，安老政策之複雜、院舍種類之多、撥款制度之煩瑣，也是問題。安老服務分為社區照顧及院舍照顧兩大類，安老院舍分別由非政府機構、非牟利機構及私營機構營運，院舍按其營運模式，分為津助安老院、合約院舍（以投標形式取得服務合約的院舍）、非牟利自負盈虧安老院，以及參加買位計劃私營安老院四類；旗下宿位又根據長者的護理程度需要，分為安老院宿位（有自我照顧能力、護理需要最低）、護理安老院宿位（未能自我照顧起居）及護養院宿位（長期殘疾、護理需要最高）；此外還有廣東院舍住宿照顧服務計劃、長者院舍住宿照顧服務券試驗計劃等等。

至於社區照顧服務，又分為綜合家居照顧服務、改善家居及照顧服務、長者日間護理中心、長者日間護理單位、長者社區照顧服務券試驗計劃等等，真是花多眼亂，試問一般市民怎樣分辨、怎樣為長者選擇最合適的服務？未來特區政府應化繁為簡，既方便市民，也減省政府部門的行政成本。

截至二〇二一年十二月三十一日，各類院舍大約一千一百間，合共提供約九萬個宿位，各類資助宿位的入住率超過九成，可見需求甚殷；相比供應，需求更大，截至二〇二一年一月三十一日，長期護理服務中央輪候冊內，仍有三萬六千九百八十五位長者輪候入住資助院舍，輪候時間可長達四十多個月，還未計將來三成人口都是長者的需要，難怪有立法會議員指出，長者等到死也等不到宿位。

面對未來需求，增加院舍宿位有實際需要。不過，每個宿位的平均每月成本不輕，根據二〇二〇年至二〇二一年度的記錄，護理安老院及買位私營安老院，每個宿位平均每月成本要萬多元，合約院舍及護理需要最高的護養院宿位，更要二萬多元，但是院舍大多只收費每月萬多元，在有限的資源下，難以聘請足夠人手及提供高質服務，例如未必能提供頻密的醫生到診服務等等。

事實上，過去安老業界久不久便爆出虐老醜聞，最讓人震驚的，莫過於二〇一五年劍橋護老院職員在露天平台上把女性長者脫至全裸才推去洗澡、二〇一六年劍橋護老院有男性長者肛門被塞異物後死亡等等。特區政府隨後加強監察、巡邏及罰則，但是整體改革步伐仍然非常慢。

二〇一七年六月，社會福利署成立工作小組，檢視《安老院條例》、《殘疾人士院舍條例》、《安老院實務守則》及《殘疾人士院舍實務守則》，工作小組做了兩年研究，在二〇一九年五月提交《檢視院舍法例及實務守則工作小組報告》，提出十九項建議，包括維持院舍分類、提高法定最低人手要求、增加住客法定最低人均樓面面積、加強持牌人規定、加強主管註冊制度、引入保健員註冊續期制度、維持住客年齡要求，以及提高相關罪行的罰則等。勞工及福利局先後於二〇一九年十二月及二〇二二年二月，向立法會提交《有關安老院及殘疾人士院舍法例修訂建議》，要求修訂相關條例。

香港租金貴，院舍地方細、環境擠迫是不爭事實，條例規定院舍住客法定最低人均樓面面積為六點五平方米，《報告》建議分別增加至九點五平方米（高度照顧院舍）及八平方米（中度及低度照顧院舍），過渡期為八年。

不過，在院舍整體面積不變的限制下，增加每位長者的宿位面積，等於要減少宿位數目及收入，對私營院舍營運構成壓力；若院舍增加每個宿位的每月收費至二萬、三萬甚至更多，一般家庭未必負擔得起，基層家庭更加免問，於是又會衍生其他社會問題。

深入研究保健員制度及人手

院舍保健員、護理員屬厭惡性工作，而且薪酬不高，一直難以聘請足夠人手，也鮮有年輕人入行。雖然院舍可根據「補充勞工計劃」輸入護理員，但是內地護理員的薪酬不低，香港的職位吸引力不高。新冠疫情下，勞工及福利局放寬了「補充勞工計劃」的規限，截至四月三日批出了二千零五十四名輸入護理員的申請，但是估計業內仍欠缺萬多名護理員；疫後，特區政府更加要深入研究及改革保健員和護理員的制度和就業前景，以吸引更多人入行。

社會上有聲音推動樂齡科技，以減省人手需求，概念上我當然認同；但是，同樣受制於院舍地方狹窄，根本沒有如此闊落的空間放置機器。因此，科技護老這方向，我們還有很長的路要走。

本年度的《財政預算案》在安老服務方面也有着墨，例如在古洞北及皇后山增加八間院舍，合共一千九百個宿位，增購一千二百個甲一級宿位，以及增加一千張院舍服務券等等；但我認為仍是杯水車薪，要長遠改善安老服務的質和量，應對人口老化的需求，同時加強防疫要求，特區政府應該以變革性的思維，考慮其他方法，而不是逐年加少許宿位、加少許服務券。

建大規模院舍　機構免租營運

鑑於私營院舍最沉重的經營成本就是租金，我建議特區政府撥地興建大規模院舍，甚至是安老屋邨，然後以象徵性租金甚至免租，把院舍交由機構營運。特區政府可根據其制訂的人均面積、空間、設施要求、環境配套來興建院舍，機構不用花資源買地、交租，便可把精力及資源集中在提供優質服務上，讓長者舒適、有尊嚴地生活。

選址方面，我認為與深圳羅湖一河之隔的沙嶺，是理想地點之一。沙嶺本來興建超級殯葬城，前期工程已平整一點八公頃土地，但是行政長官已於二〇二一年十月宣佈，不會推進超級殯葬城計劃（只保留靈灰安置所），我認為可以將該幅土地用作興建大規模安老院舍。

正如上文所言，人口老化迫在眉睫，安老護老是複雜而重要的課題，特區政府必須認真處理。此外，資源要用得其所，目前特區政府用於安老服務的開支極少，二〇二〇年至二〇二一年度只有一百一十四億元，未能滿足需要；與其花費六十三億元（二〇二二年至二〇二三年度）於「長者二元乘車優惠」，不如把資源更有效地運用於安老服務上，實踐「老有所養、老有所屬、老有所為」。

二〇二二年四月五日《香港經濟日報》

改革新聞處　提速提效提量

近年，經歷黑暴、新冠肺炎疫情肆虐，社會對特區政府的表現並不滿意，紛紛有聲音要求部門改革。例如第五波疫情爆發，特區政府欠缺預案，動員遲緩，反映部門欠承擔、欠溝通、欠協調，而且部門只以自身功能為本（function-based），而非以解決問題為本（issue-based），於是有部門「做死」，有部門事不關己，非常不理想。

候任行政長官李家超在政綱提出「強化政府治理能力，團結一致為民解困」、「增強政府團隊文化，以我和我們的精神處理問題」、並且要「為指定工作訂立關鍵績效指標（Key Performance Indicators, KPI）」等等，便是針對以上的問題。此外，李家超在土地房屋問題上，提出要「提速提效提量」，我倒認為這目標也適用於其他範疇。

問題是怎樣改革才做得到？本篇以政府新聞處（Information Services Department, ISD）為例，討論如何改革這部門，改善其表現，以強化政府治理能力。

行軍無將　新聞處處長出缺

這些年，特區政府歷盡風雨，政府新聞處卻活得異常低調，即使經常遭詬病資訊發佈不足、回應假新聞太慢、新聞稿寫得太技術性，甚至出現過記者會背景大熒幕把「中華人民共和國」寫成「中國人民共和國」等事情，仍未見新聞處提出過甚麼改善措施。此外，原來上一任新聞處處長鄭偉源於二〇二一年十二月初以健康理由離任後（鄭偉源於離任三星期後出任「一帶一路」專員），新聞處處長一職已懸空六個月，特區政府人才凋零，行軍無將，難怪新聞處沒有突出表現。

最後一位專業新聞官升任新聞處處長的是丘李賜恩，她由一九八七年擔任處長至一九九七年，是歷任新聞處處長中任期最長的。近年，新聞處處長多由政務官出任，包括幾位現任局長聶德權（二〇一四年至二〇一六年）、黃偉綸（二〇〇九年至二〇一四年）和邱騰華（二〇〇六年至二〇〇七年），還有朱曼鈴（二〇一八年至二〇一九年）、馮程淑儀（二〇〇七年至二〇〇九年）和鄭偉源（二〇一九年至二〇二一年）等等。由政務官擔任新聞處處長，優點是他們熟悉政府運作、行政能力強，缺點是他們並非新聞專業出身，欠缺傳媒背景，加上任期短（例如邱騰華只做了十五個月），未及和傳媒及下屬建立深厚關係便又調職，難以帶領部門好好發揮。長期由政務官出任處長，亦反映其上司民政事務局局長一直未能培養專業人才從內部晉升至處長，也是新聞處積弱的原因之一。

根據特區政府財政年度預算《總目七四——政府新聞處》，新聞處的編制包括十二個首長級職位及四百三十三個非首長級職位，而新聞處作為特區政府的大公關，要時刻掌握傳媒脈搏，為特區政府打造形象、提升民望，讓市民了解特區政府政策，因此整個部門都要反應快，行動敏捷，暨要準確發佈消息，更要及時澄清謠言、打擊假新聞，更加要時刻掌握網絡和社交平台的評論，但是看新聞處近年的表現，明顯未能發揮功能。

國際形勢複雜　新聞處未見有力回應

文件《總目七四——政府新聞處》指出，新聞處二〇二二年至二〇二三年度的開支預算接近七億元，工作範疇包括五大綱領——香港以外的公共關係、本地公共關係及公眾資訊、輿論、公民責任、出版。每個綱領的積效如何，及需如何改革，我們可逐一拆解。

綱領一「香港以外的公共關係」，宗旨是「在國際間及內地推廣香港的良好形象」。國際方面，副處長（二）旗下設海外公共關係組、香港品牌管理組、國際推廣組等等，旨在推廣香港作為亞洲國際都會，亦要和駐港外國傳媒及訪港新聞從業員打好關係。以往，新聞處有不少經驗豐富的資深外籍新聞官，主力與外媒打交道，不過隨着副處長 Brett Free 在今年（二〇二二年）年初退休，外籍新聞官已絕無僅有，在外媒聯絡或國際關係方面難以得心應手，甚至事倍功半，特別是現在香港處於複雜的國際形勢，要面對制裁等政治打壓，西方傳媒不斷抹黑「一國兩制」及香港的政治制度，這方面便顯得更重要。

內地關係方面亦然，隨着香港與內地關係日益緊密，新聞處與內地傳媒的溝通聯絡愈來愈頻繁，新聞處能否適應內地傳媒的工作模式及內容要求，便很影響特區政府的未來發展。

文宣失敗　新聞稿艱澀

綱領二「本地公共關係及公眾資訊」，宗旨是「向公眾傳達政府政策、計劃、決定、活動及服務的信息，加強他們對政府事務的了解」，方法包括「以多媒體形式發放信息」、「安排傳媒採訪活動」、「發放新聞稿」等等，副處長（一）旗下的多個政府總部新聞組、駐部門新聞及公共關係小組，會協助部門宣傳不同的政策，例如大嘥鬼、消費券、疫苗接種計劃等等。

說來諷刺，這範疇的工作理應做得最多最好，但現實卻是最為人詬病，例如二〇一九年特區政府提倡修訂《逃犯條例》的時候，政府文宣內容複雜難懂，反修例的抗爭文宣反而滲透大街小巷；抗疫兩年多以來，特區政府往往未能簡單準確地講解抗疫措施、鼓勵市民接種疫苗。當中，過份詳盡而技術性、充滿艱澀詞彙和數據的新聞稿，相信只有傳媒或相關研究人員才會讀得明白，對市民而言全無作用，即是「無人睇得明」，反映新聞處未能有效協助各個政策局以深入淺出、簡單易明的方便傳播及散發資訊，讓市民易於消化吸收。我認為新聞處應更頻密地發放更多簡單親民的圖像或懶人包，並且開通更多網絡頻道，把信息滲透社會每個角落。

剪報落後　應採用人工智能

綱領三「輿論」，指新聞處要「閱覽中英文報章和雜誌、熱門新聞網站及其 facebook 專頁，以及每星期收聽／收看約二百三十九小時電台和電視台新聞及公共事務節目」，還要「編寫傳媒摘要、譯本、報告、官員的談話全文及剪報，會盡快送交有關決策局和部門」。「輿論」範疇的支出不多，二〇二二年至二〇二三年度的開支預算只有三千一百萬，但是工作模式相當落後。

過去我已覺得新聞官相當辛苦，要每天清晨四、五時起床，閱讀大量報章，手動剪報。現在剪報已電子化，但是仍然由新聞官手動選材。我認為新聞處應提升系統，全面運用人工智能，按部門需要把新聞分門別類，官員一看便懂，可省下新聞官不少時間。而且在資訊每秒更新的年代，還要新聞官「編寫傳媒摘要，盡快送交有關決策局和部門」，是相當滯後的做法。

另一方面，新聞處鮮有做社交平台內容摘要，在二十四小時監察網絡輿論方面未夠全面。需知道收集社交平台的大數據，我們可以掌握市民真正關心的事物及反應，例如二〇二一年十二月十九日立法會投票日，社交平台卻被王力宏離婚洗版；又或者市民原來非常害怕封城、禁足等等，掌握這些數據會讓特區政府更有效了解民情。新聞署應考慮把這些工作外判，或者開發人工智能系統處理，以提速、提效、提量。

而在政策局方面，新聞秘書、政助可以隨時透過人工智能剪報系統，隨時閱覽剪報或其他信息，向局長做精準匯報。

調動資源　靈活外判

綱領四「公民責仕」，宗旨是「提高公眾對重大社會事務的關注和了解，並加強他們的公民責任意識」，例如宣傳完善選舉制度、愛國者治港、國家安全、回歸二十五週年等等，我當然認同要大力宣傳這些項目，不過工作細項指標仍然是「活動數目」、「印製及展示海報數目」、「宣傳片數目」、「聲帶數目」、「展覽數目」等等，則非常傳統及保守。新聞處應考慮把推廣工作外判，讓市場上的專業人才製作更出色更多元化更有效的宣傳推廣計劃。

至於綱領五「出版」，即是新聞處就是特區政府的出版機構，包括「提供編輯服務、製作、分發及銷售政府刊物」。這範疇可算是五大綱領中最追不上時代的，我認為新聞處必須與時並進，靈活運用資源，集中開發電子書，減少印製印刷品。

新聞處不進則退　隨時淹沒

新聞處多年來未有改革或更新工作模式，逐漸與時代脱節。我認為新聞處應朝着多運用人工智能、收集大數據，以更快更精準地監察輿情，掌握社會脈搏，那麼便可重整資源及人手，更緊密地與外地、內地及本地傳媒溝通聯絡，還要學會簡單精準地傳遞信息，才能協助特區政府提高施政效能。所謂不進則退，慢進也是退，再不改革，新聞處將淹沒於元宇宙時代，形同虛設。

二〇二二年五月十一日《香港經濟日報》

第三章

世界百年未有之大變局

拜登學中國大搞基建

拜登自二〇二一年一月二十日執政已過首百日蜜月期。有民調顯示百分之五十二美國成年人給予拜登的表現良好評價，比前任總統特朗普同期高出十個百分點。目前拜登政府施政尚算順利，以防疫抗疫政策為例，截至五月七日，美國已有一億一千萬人，即約全國人口三分之一，完成兩劑疫苗接種。此外，拜登豪擲一萬九千億美元救助計劃，為民紓困，相信因此得到不少支持。

二萬三千億美元基建計劃

近年美國視中國為戰略對手，早前參議院外交關係委員會（Senate Foreign Relations Committee）通過《二〇二一年戰略競爭法案》（Strategic Competition Act），且將提交兩院審議。三月三十一日，拜登公佈二萬三千億美元基建計劃，範圍廣涉交通、工業、水務基建設施等等，被認為是繼約翰遜總統（Lyndon Johnson）的「偉大社會」（Great Society）後，最龐大的國內基建計劃，旨在創造就業，刺激經濟。《外交政策》（*Foreign Policy*）評論文章"Biden Wants to Replicate China's Infrastructure Miracle"便指拜登的用意是複製中國的基建成就。

在我的記憶裏，美國的道路、鐵路、橋樑等基礎設施大多較老舊，日久失修，確實需要適當維修和重建。中國的人均收入雖只有美國七分之一，卻能興建現代化鐵道，高鐵網絡更覆蓋全國。美國前國務卿克里（John Kerry）曾大讚中國高鐵先進便捷，認為美國亦應興建高鐵。加州雖有發展高鐵工程項目，但自二〇一五年動工以來幾度延誤，至今前景未明。

中國以土地養發展

龐大的基建計劃必須籌集資金，過去三十年，中國有約四成的國內生產總值為基建投資。文章指中央政府在一九九〇年代後期釋放土地資源，私有化房屋，拍賣商業用地，土地價格大幅上漲，遂出現蓬勃的房地產市場。地方政府以土地作為融資工具（local government financing vehicles），為基建籌資。反觀美國的基建投資僅佔其國內生產總值的兩成，且據報，拜登曾建議把企業的稅收率由百分之二十一提高至百分之二十八，惹來共和黨人反對。評論指拜登未必能成功集資，基建計劃前景未明朗。

四月二十八日，拜登公佈最新的「美國家庭計劃」（American Families Plan），包括建議家庭獲長達十二週的帶薪家庭假和病假、多四年免費學前教育等，合共開支一萬八千億美元。

無論是增加福利援助，還是大規模發展基建計劃，都需要龐大資金。文章提到中美兩國在基建項目上不同的融資方法，道出拜登不能如中國般「以地養發展」的理由。

文章提到，一九九〇年代末，中國房地產市場開始蓬勃，各省市的土地、房屋價格上漲。根據中國主要城市居住用地價格指數，中國地價在二〇〇四年至二〇一七年期間平均增值八倍。許多地方政府以土地作為融資工具，國企則可憑土地資源取得貸款，為基建集資。

以土地作為融資工具有利有弊。例如香港「以地養鐵」模式，雖然能減輕特區政府的融資壓力，但港鐵以地產項目賺取巨額回報，市民要「捱貴樓」。國家主席習近平堅持「房子是用來住的，不是用來炒的」定位，反映國家對解決住屋問題的重視。且文章指，雖然只要土地升值速度快於銀行利率上升，借款人便可繼續承擔債務，以償還舊債，但若土地價格達到均衡水平，其升值速度便不可能超越利率。加上現代中國年輕人花費多，積蓄又不如上一代多，加快了利率上升，因此這個集資方法有機會不奏效。

美國憑稅收和發債集資

至於房地產市場長期蓬勃的美國便只能憑稅收和發債集資。有報道指拜登打算增加富人稅，例如把收入超過六十萬美元的個人所得稅稅率由百分之三十七提高至百分之三十九點六、年收入超過一百萬美元的家庭資本利得稅稅率同樣提高至百分之三十九點六等等，相信會引來共和黨反對。

此外，文章指發債是賭上美元的信用度，因誰都不能保證美元一直是全球最強貨幣，尤其美國有潛在通脹壓力，美元信用度可能因此下降，到時用發債集資未必行得通。

二〇二一年五月十八日及二十一日《明報》〈三言堂〉

美國創新及競爭法針對中國

二〇二一年六月八日，美國參議院以六十八票對三十二票，通過由民主黨參議員 Chuck Schumer 及共和黨參議員 Todd Young 共同提出的《美國創新及競爭法》（US Innovation and Competition Act），並獲跨黨派議員支持。這法案的前身是《戰略性競爭法》（Strategic Competition Act），經過一番辯論後，法案由原先的數百頁，「增肥」至二千四百頁，當中牽涉二千五百億美元撥款，以增強美國的競爭及創科能力。不過，全國人大外事委員會批評這法案提倡冷戰思維，旨在壓制中國的發展，將會徒勞無功。

介入科技範疇

美國政府表態要直接介入重要的科技範疇，包括半導體、無人駕駛飛機、無線電寬頻、寬頻通訊、人工智能等。除了向這些企業增加撥款外，亦會監督及規管這些行業。另外，又會利用貿易法例，限制中國的產品和服務流入美國。單看這個貿易條款的限制，我已覺得這法案十分無聊兼可笑。事實上，中國產品價廉物美，網絡應用程式如 TikTok 等均大受美國群眾歡迎。特朗普在任期間雖極力打壓中國的出口，但二〇二〇年中國輸美的產品數目卻不斷上升。由此可見，美國難以用行政手段來打壓中國的出口貿易。

至於這法案為何會變成二千四百頁呢？與香港立法會的不擬具立法效力的議案辯論一樣，不同黨派的議員都為了自己的喜好或所代表州份的利益，在法案上加插與創新及競爭力無關的條款，例如禁止賣魚翅等。Chuck Schumer 提出以一百億美元在美國全國設立十八個科技中心（technology hubs），當中包括在他代表的紐約上州（New York Upstate）及在 Todd Young 代表的印第安納州（Indiana）。因此，法案就如聖誕樹般，掛上不同的條款後，變得「愈來愈肥」。

一九八〇年代我在美國求學時，曾拜訪時任美國高等法院大法官 Sandra Day O'Connor，她說美國的立法程序猶如製作香腸，就是將不同部位的肉絞碎，再放入腸衣當中，過程十分骯髒。這法案正是典型例子。

法案打壓中國

《美國創新及競爭法》利用行政措施，大力介入美國帶有戰略性的創科產業，法例內容包括：花十五億美元作公共無線供應鏈（public wireless supply chain）的發展；向美國創科企業提供不同的經濟誘因，鼓勵他們投資研發；花五百二十億美元鼓勵企業在美國生產半導體；要求聯邦政府加大對高等教育的支援，特別在機械人、人工智能以及先進能源等幾個科技範疇；設立巨額的STEM獎學金及成立新的政府部門負責派錢等。此舉反映美國朝野因眼見中國經濟崛起及創科迅速發展而感到恐懼，於是便提出這以增強美國競爭及創科能力為名，打壓中國為實的法案。

自新型冠狀病毒肺炎爆發以來，不少地方因疫情停工，導致供應鏈失衡，加上美國限制原材料出口，半導體供應大受影響。美國加州矽谷是最早研究和生產以矽為基礎的半導體晶片的地方，但因經濟轉型及成本上升等因素，現時大部份的半導體均在台灣生產，台灣積體電路製造（TSMC）及聯華電子（UMC）更是全球兩大半導體晶片生產商。他們主要負責生產半導體晶片，英美公司則負責設計。有意見認為，美國公司應將半導體的生產線搬回美國。特朗普在任時曾要求富士康將生產線搬回美國，結果爛尾收場。富士康在威斯康辛州設立的廠房，最終只用作口罩生產，半導體生產線並沒有搬回美國。沒有完善的配套及熟練的工人，加上生產成本太高，在美國設廠根本無利可圖。由此可見，即使美國政府強力介入，也是徒勞無功，解決不到半導體生產重心移師至亞洲的局面。

此外，《美國創新及競爭法》列明限制中國輸美的產品及服務，同時加強購買美國本土產品的法例：歷史悠久的《購買美國產品法》（Buy American Act）列明優先購買美國產品，例如美國官員出外公幹時，除特殊情況外，必須乘坐美國航空公司的航班；《美國安全無人機法》（American Security Drone Act）就禁止聯邦政府購買由與中國有關公司生產的無人駕駛飛機等。拜登上任後，雖已豁免部份對華關稅，但有關的豁免由美國貿易代表在聽取美國企業的建議後決定。

曾經角逐總統的民主黨資深參議員桑德斯（Bernie Sanders）強烈批評這些貿易條款。他最近在《外交事務》雜誌（*Foreign Affairs*）撰文，指美國朝野錯誤理解中國，再次實施錯誤的對華政策。美國實在不應該發動冷戰，並指這些所謂自由貿易條款，實質上是實施「保護主義」。

欲抗衡「一帶一路」

與此同時，法案又仿傚中國，利用公共資源，加強對南美洲、加勒比海、非洲、台灣及東南亞等地的投資，計劃在這些地方興建基建，與中國的「一帶一路」抗衡。有別於中國與這些地區擁有數十年的交往經驗，美國與其鮮有交流。加上美國興建基建，必須使用美國公司，價錢相當昂貴，而且美國政策欠缺延續性，不同的總統上台會有不同的政策，相信難以實行。

這法案牽涉二千五百億美元公帑，錢從何來？單靠「印銀紙」，只會造成通脹。近日美國商界及聯儲局已對通脹上揚表示擔心。法案表面上來勢洶洶，但在我看來只是「病急亂投醫」。美國朝野對中國的崛起有不必要的恐慌，只懂亂花公帑，不善用資源，注定失敗。

二〇二一年六月十七日、二十日及二十三日《明報》〈三言堂〉

全球半導體競爭

二〇二一年六月八日，美國通過《美國創新及競爭法》（US Innovation and Competition Act），其中一項措施是資助科企公司把半導體生產鏈搬回美國，以保障國家安全，於是半導體的生產鏈再次受到關注。

九十年代摩托羅拉在港設三所半導體工廠

現時美國把大部份晶圓生產外判到不同國家及地區如韓國、台灣等代工。一九九〇年代的香港其實也是半導體供應鏈的一環。一九九三年至一九九五年間，我於工業署擔任署長時，本港半導體生產業蓬勃，有多間如摩托羅拉（Motorola）轄下萬力半導體香港有限公司、Swire Magnetics、ASM 太平洋（ASM Pacific Technology）等科企在港生產。

當時，摩托羅拉在港設有三所半導體設計、測試及裝嵌的工廠。時任摩托羅拉半導體部亞太區總經理譚宗定熱愛香港，極力游説總公司來港興建半導體晶圓製造廠（fab）。若成事，即可吸引其他製造商來港，組織及完善半導體生產鏈，對本港科技發展很有幫助。當時，我已深知半導體技術是高科技發展最關鍵的一環。

半導體晶圓製造廠需要在地質及水電供應穩定、無塵的環境裏生產。記得我曾往紐約州考察IBM的製造廠。進入廠房前，要先在一間房裏受大風猛吹，去掉身上的塵埃，再穿上特製衣，把自己裹得像個太空人般。當時港府高層游說摩托羅拉，指香港具備良好條件，適合設廠。

興建晶圓廠動輒數十億美元，摩托羅拉當然要求港府投資。不過，有別於經常直接介入投資私人企業的新加坡政府，港府當然不願冒大風險，把大量納稅人金錢投入一個項目。最終，摩托羅拉在亞洲選址天津，生產專為汽車使用的半導體。踏入二十一世紀，科技競爭愈趨激烈，曾為全球最大移動電話銷售商之一的摩托羅拉終不敵後浪，今天已不復存在。而不少美國科企也把晶圓生產外判到台灣的晶圓代工廠（foundry）。

《時代》雜誌（*TIME*）一篇題為"The Great Chip Race"的文章考察美國半導體晶圓代工公司格芯（GlobalFoundries）坐落於紐約州馬耳他（Malta）的晶圓廠Fab 8，簡述了製造半導體晶片的工序及製造半導體晶圓的難度。Fab 8每天接收大量氬氣（argon）、硫酸（sulfuric acid）等特種化學品，用以製造和清洗一塊塊十二吋披薩般寬大的晶圓。這些晶圓隨後可被切割成薄小的「裸晶」，用金屬和陶瓷外殼封裝，經測試後可製成晶片，裝嵌耳機、攪拌機等家電，或製成安全氣囊，甚至戰鬥機等高新科技產品。從晶圓到晶片，整個過程需時約三個月。

疫情令全球陷入晶片荒

由於大部份美國科企都外判給韓國、台灣等國家或地區進行晶圓代工，以提高生產效率，因此美國本土晶圓廠甚少。二〇二〇年起疫情嚴峻，各國實施封城、在家工作等社交距離政策，直接影響半導體生產及出入口貿易，全球因而陷入晶片荒，半導體晶片供不應求。以汽車業為例，車用晶片短缺預計將導致全球年減產三百九十萬輛汽車，而單是福特汽車（Ford）便已預計會減產一百一十萬輛。

在這種困境下，美國參議院於二〇二一年六月通過《美國創新及競爭法》，撥款五百二十億美元以增加國內晶圓生產和資助相關高端科研。此外，格芯於六月宣佈得到新加坡經濟發展局的支持，將投資四十億美元，選址新加坡建設晶圓廠。七月十六日，更有消息指半導體龍頭英特爾（Intel）欲斥資三百億美元收購格芯，可見像 Fab 8 這類美國本土晶圓廠已受到高度重視。

生產半導體成本昂貴

全球半導體生產競爭劇烈，而且製造及生產半導體的成本非常昂貴，究其原因，可能與其紛繁複雜的工序及昂貴的機械有關。製造一塊半導體晶片涵蓋逾千個工序，歷時約八十五日。晶圓會被封裝於名為FOUP的塑料囊裏，並由機械控制在懸掛軌道上移動至其他工序。先會以漿形砂紙磨平及清洗，再進行「蝕刻」，把由晶片設計公司提供、放置於六平方吋石英玻璃上的積體電腦圖像，透過光罩（reticle）複製到晶圓上。這些圖像只有十二納米寬（大概是指甲生長十二秒的長度）。而完成這步驟的光刻機每部市值逾一億美元，十分昂貴。

接着需用電子顯微鏡檢查晶圓有沒有缺陷，並由機械手臂把他們移至化學池中泡浸。晶圓出廠後還需進行其他步驟加工成為晶片。一般而言，除非在使用光刻機時出現問題，否則生產過程中並不需要人手勞動。

事實上，不同科技產品如手提電腦、新冠病毒檢測儀等均需裝嵌不同類型的半導體晶片。格芯每日生產逾十種晶片供應超過二百五十間企業顧客，包括蘋果、三星、博世等等。值得一提的是汽車，原來從室內燈光、座位調節到緊急制動裝置系統等共含多於千枚晶片，可見有一定需求。不過，在二〇一九年，車用晶片只佔整體半導體晶片市場業務一成，即便是最大供應商台積電，車用晶片也只佔其整體利潤的百分之三。疫情肆虐下，二〇二〇年四月至六月的汽車銷售額下跌三分之一，不少車廠暫緩生產，遂取消車用晶片訂單。後來車廠雖陸續重啟，但遇上全球晶片短缺，無法生產。面對上述種種情況，美國政府欲提高國內晶片生產量，把晶圓代工搬回美國，但困難重重。

半導體晶片生產主要分作兩大板塊，其一是半導體設計，例如歐美的安謀控股（ARM），另一是晶圓代工，主要由台積電、三星等亞洲企業包攬。而發展半導體的成本也相應分為兩種：設計需聘請大量數學家、物理學家等專才進行科研；晶圓代工廠內，機械器材則是昂貴的固定成本。

半導體生產的投資成本之龐大，非普通企業能承擔。一九六〇年代，英特爾（Intel）創辦人摩爾（Gordon Moore）立下「摩爾定律」，主張每年在晶片裏注入比往年多一倍的晶體管。到了一九八〇年代，晶圓廠用納米數衡量半導體功能，納米數愈小代表功能愈好。企業每次更新了技術，便需更新所有機械，才能進行新一輪的半導體生產。

亞洲代工廠技術以幾何級發展

由於大部份美國科企均外判給晶圓代工廠生產晶片，美國數十年來並未着力研究半導體生產技術。相對地，亞洲代工廠不斷鑽研，技術以幾何級發展，大幅度拋離美國。二〇二一年三月，半導體龍頭英特爾決定斥資二百億美元擴建其於亞利桑那州的晶圓廠，生產七納米晶片。而台積電在同一地區興建的新晶圓廠則生產更先進的五納米晶片，並有指企業內部正研發三納米晶片。

二〇二一年四月，矽谷初創企業 Cerebras 推出超級電腦 CS-2 作人工智能研究用途，以一塊含數以兆計的晶體管的大型晶片，代替現時眾多用以拼湊、細小的晶片發揮功能。這樣既能避免切割晶圓時出現缺陷，提升晶片性能，也為美國晶片產業帶來突破。但美國缺乏工廠及技術支持量產，最後仍須依靠亞洲代工廠。

由此可見，雖然美國素來以高科技事業領袖自居，但無論是傳統，還是新創晶片的生產技術，亞洲代工廠至今仍領先美國。縱然美國政府有心追趕，招聘專才、購置器材及研發技術複雜耗時，難以在短期內一蹴而就。

二〇二一年七月十七日、二十日、二十三日及二十六日《明報》〈三言堂〉

拜登的對華政策

中美持續對峙，拜登在七國集團峰會（Group of Seven, G7）上提出口號「重建更好世界（Build Back Better World, B3W）」，凸顯在國際舞台上與中國競爭的策略。最近《經濟學人》（*The Economist*）有題為"Pushing Back: Joe Biden is Determined that China should not Displace America"的文章，指出拜登的對華政策，等同放棄美國近半個世紀以來的對華外交方針，並旨在抑制中國代替美國。

克林頓主張對話溝通

回顧昔日克林頓政府時期，美國對華主張對話溝通（engagement），以鼓勵中國加入世貿，融入全球經濟體系等方式，企圖以此促使中國開放市場，逐步跟隨西方經濟體系自由化，並引入民主等西方意識形態。中國近年以驚人速度崛起，世界銀行甚至預測中國的經濟將於二〇三〇年超越美國，使美國認定中國將威脅其霸主地位。

拜登欲圍堵打壓中國

如今拜登雖不像上任總統特朗普那麼兇狠地出口術，卻仍延續特朗普時期的對華政策，如惡意針對新疆和香港，制裁中央及當地官員；又大打科技戰，擴增黑名單，禁止美企與部份中國科企合作。此外，拜登決意要「build then blunt」，一方面大搞基建，另一方面設法削弱中國影響，同時打意識形態戰，拉攏西方盟友「對抗獨裁」（contest with autocrats），欲靠圍堵政策打壓中國。文章指這種以二元對立的方式定義雙方關係，彷彿兩國處於冷戰般。

不過，文章分析，今天的國際形勢與二十世紀的冷戰存有差異。首先，在經濟方面，中國不似前蘇聯封閉，國家主席習近平主張「全球經濟一體化」，中國經濟與世界高度融合，美國難以再採取冷戰時期的策略單一針對打壓中國。第二，雖然拜登扭盡六壬開拓基建，如通過《美國創新及競爭法》（US Innovation and Competition Act）資助半導體科研等，但是民主共和兩黨鬥爭激烈，拜登施政深受共和黨牽制。例如，原定二萬億美元基建計劃大縮水至一萬二千億美元，使基建大計舉步維艱。相比之下，中國基建的趕超速度很快，單以高鐵論，二十年間的運營長度已達三萬八千公里，且基建支出比例為美國的三倍，非美國在短期內可追趕上。相信美國置身這場「新冷戰」不會輕鬆。

軍事上，拜登政府拒絕承認中國南海「九段線」，並投資先進武器，與中國繼續在南海、西沙群島、東沙群島等控制權上僵持；科技競爭方面，拜登承接上任總統特朗普，為難華為、中芯（SMIC）等中國科企，管制美國企業出口，使他們難以協助中國高新科技發展。

此外，拜登向各國提供利益，拉攏盟友，共同圍堵中國。二〇二一年三月，美國承諾為韓國的美軍基地提供資金，及後五月時任韓國總統文在寅訪問白宮時，雙方在聯合聲明中同意維護台灣海峽穩定的重要性；放棄制裁興建連接德國天然氣直通管北溪二號線（Nord Stream 2）的俄羅斯企業；暫停長達十七年有關空巴——波音補貼的美歐關稅戰，以爭取歐盟支持一致對華；又在聯合國企圖制衡中國的影響力。外間推測，英國煞停使用華為設備建設 5G 網絡的決定，也與達成盟友交易有關。

與盟友單次交易

圍堵政策雖即時見效，卻存有弊處。拜登現時與多國達成的協議均屬規模較細的單次交易，投資缺乏系統性框架（institutional framework），所謂盟友的關係非想像般長遠、牢固。

中國的「一帶一路」建設，是以和平、互信、互贏、包容為基調，以實現宏大經濟願景為目標，尋找牢固的經濟合作夥伴。從規劃架構、項目投資到爭取銀行融資，全國上下一心，二〇一三年至今成功推動多個沿線市場融合發展。還記得政策初推動時，英國駐港官員曾告訴我會大力支持，當時英國已入股亞投行（AIIB），可見看好「一帶一路」的發展，成果相信非美國的 B3W 策略可比。

因此，雖然表面上美國成功促使盟友就新疆和香港問題大造文章，歐盟也凍結了中歐投資協定，但文章指出，某些國家（例如法、德）其實對與中國為敵並不積極，也相信美國無法長久採用圍堵手段對付中國。

二〇二一年七月七日，四十個進步派團體促請拜登停止對華的敵對態度，例如有環保團體認為中美兩強國在環境保護、保育、減排等國際綠色議題上擔當領導角色，理應加強合作而非對峙。此外，有商界人士認為，上屆總統特朗普遺留至今、針對中國的關稅政策實則對美國傷害更大。若美企退出中國，其他國家將趁虛而入，佔據市場。

反中聯盟未必成功

拜登幕僚、美國國家安全顧問蘇利文（Jake Sullivan）則把全方位打壓中國的決定建基於保護國家安全上。要通過實施針對性對華貿易政策，打擊中國在人工智能及量子計算機等發展，減少美國對中國在稀土（rare earth）、鋰（lithium）、鈷（cobalt）等關鍵性物質的依賴方能完成目標。在七月十三日的全球新興技術峰會中，蘇利文特意警告，逃避出口管制的美國科企危害國家安全，相信停止向中國供應器材的背後原因，是為了阻止其取代美國在高新科技方面的國際領導地位。

不過，文章提到拜登政府的如意算盤或許落空。分析員Bonnie Glaser認為，建立所謂反中聯盟未必成功。目前為止拜登也未敢建議中斷美企與中企之間按美元計價的交易，正式要求商界與中國斬纜。另有智庫分析員Jude Blanchette點出，由於美國外交政策過份強調反制中國，無論是應對中國的工業政策還是「一帶一路」基建項目，拜登亦步亦趨，步步為營，變相施政處處受制，缺乏主張。相比之下，國家主席習近平強調全球性願景，中國將在未來數十年面向全世界、推動共榮發展，策略比美國更深、更廣，高下立見。

二〇二一年七月二十九日、八月一日及四日《明報》〈三言堂〉

布朗大學研究戰爭的代價

二〇二一年七月八日，美國總統拜登宣佈將於八月三十一日完成從阿富汗撤軍。八月六日，武裝組織塔利班攻佔首個省會扎蘭季，隨後幾日行動勢如破竹，佔據多地。至八月十六日，塔利班正式入主首都喀布爾，並宣稱「戰爭已經結束」。早前拜登認為，由美國扶持的阿富汗政府可抵禦塔利班的攻勢，有能力繼續和平穩定地運作。怎料親政府兵不戰而降，阿富汗總統加尼（Ashraf Ghani）也已出逃。如今事與願違，美國及其盟友在塔利班陸續攻陷省會後趕忙撤僑，只不斷重複呼籲阿富汗要自謀生路，欲以此粉飾他們拋棄阿富汗的行為。此情此景亦使人想起一九七五年越戰尾聲，北越軍隊攻陷南越，西貢美國大使館人員要匆忙到屋頂上乘直升機撤退的狼狽場面。

戰爭的代價其實極高。參戰國於軍備上投入大量金錢，以美國為例，有指截至二〇二一年四月對阿富汗戰爭已耗資約二萬二千六百億美元。然後要處理戰爭遺留下來的損毀，進行重建工作，安置傷亡，使經濟復甦。特別是對患有戰爭創傷後遺症的軍人而言，戰後生活將十分痛苦，他們所承受的精神壓力非常人能體會，甚至需要長期治療。此外，戰爭勢必對參戰國及鄰近地區的政治環境造成影響，需耗時耗力重建政治制度及修補外交關係，使國民權益得到保障。

美國於阿富汗的戰爭長達二十年，除正面與塔利班發生衝突外，也牽連了巴基斯坦、敍利亞等國出現暴力衝突，死傷枕藉，損失慘重。美國布朗大學沃森國際和公共事務研究所（Watson Institute for International and Public Affairs）在二〇一〇年廣邀法律、人權、醫療等跨領域專家組成團體，展開「戰爭成本核算」（Costs of War Project），主要研究和分析在九一一事件後，在伊拉克戰爭、阿富汗戰爭及相關暴力衝突裏，美國和其他參戰國需付的代價、美國與其他參戰國的政治環境轉變，以及研究美國如何以較低成本的方法有效預防恐怖襲擊。

自八月十六日塔利班佔據阿富汗首都喀布爾，平民湧向機場，欲乘各國派來的飛機逃離。有指，有未及登機的難民從正起飛的軍機掉落，亦懷疑有人鑽入機輪被起落架壓倒慘死。八月十九日，塔利班宣佈成立「阿富汗伊斯蘭酋長國」，多地爆發示威，至少三人死亡，十多人受傷。雖然現在掌權者安撫市民，表示尊重伊斯蘭法律框架內的女性權利，及希望與其他國家建立和平關係，但國內局勢能否重回穩定發展，猶未可知。

美國布朗大學在二〇一〇年展開跨領域研究項目「戰爭成本推算」，計算美國在九一一事件後，在伊拉克、阿富汗等反恐戰爭中所涉成本，以及對美國及參戰國的影響。首先是金錢成本。報告預計二十年來開支共涉六萬四千億美元，遠比美國一直公佈的約二萬億美元開支多。其中，除了包括軍備、軍事訓練，及在八十五個國家進行反恐行動，還有因借債籌資而增加的利率、目前已逾一萬億美元的利息成本等，將影響美國經濟。

此外還有人力成本。報告指最少八十萬人，包括逾三十三萬平民、逾七千名美軍、記者、人道救援工作者、承建工人等死於直接暴力衝突。戰爭地域的生還者則流離失所，單是阿富汗、巴基斯坦、伊拉克等地便預計合共有三千七百萬人。損耗人力對社會狀況和經濟也產生連鎖效應。就美國而言，以退伍軍人為例，有些患有戰後創傷症的飽受精神壓力之苦，需長期接受治療，政府擔起照顧他們的責任，支付治療費，預計本世紀中期才達高峰，共涉約一萬億美元。戰爭地域方面，大規模損毀和殺傷則致使人們失業，人力資源供應大跌，政治制度崩塌則致使民眾權益不受保障。至於美國投入當地協助重建的款項，有些亦被當地政府浪費或貪污挪用。

二十年來，美國把國家安全放在頭位，以防止恐怖襲擊為名發動多場戰爭，企圖單靠武力解決問題，缺乏有效的接觸、交涉及外交談判所致，不但無法遏止極端主義，更讓自身及戰爭地域付出巨大代價。今天的阿富汗便印證了美國的失敗。

二〇二一年八月十九日及二十二日《明報》〈三言堂〉

數字貨幣中國領先全球

相信曾到訪中國內地的人士定有留意到，內地現在幾乎是無鈔票社會。有次我跟朋友到東莞遊玩，正想光顧街旁販賣烤番薯的老伯，他熟練地掏出手機要求我們使用微信支付，弄得我們這些沒開通微信支付的「港燦」十分尷尬。又記得我前往上海探訪公幹的女兒時，我們出入均使用「滴滴出行」，叫餐則會使用「餓了麼」等手機應用程式，十分方便。

電子支付有很多好處。其一是普及金融，普羅大眾只需智能手機便可買賣，在新冠疫情下更是個既方便快捷又安全的支付方式。此外，便是對抗美國的金融霸權。二戰後各國重建國際金融體制，創造布雷頓森林固定貨幣體系（Bretton Woods System），以美元和黃金掛鈎，維持固定匯率，並成立世銀及國際貨幣基金執行重建計劃。一九七三年，美國終止了布雷頓森林固定貨幣體系的運作，美元代替黃金成為國際儲備貨幣，奠定了美國在國際交易的主導地位。

因此，美國的重要撒手鐧便是向他國施加國際經濟制裁，近兩年多名中央及香港官員也列入了制裁名單。例如現在連行政長官支薪都要用現金。曾有市民問及，如果不能在英美銀行開設戶口，為何不能轉用中資金融機構，避過制裁？

數碼人民幣打破美國金融霸權

中國和美國的大型銀行都是環球銀行金融電訊協會（SWIFT）會員，兩者均使用此網路交換電文進行金融交易。由於美元強勢，按美元結算的商業活動佔多數，所以大部份中資金融機構都有按美元結算的生意。因此只要美國發出制裁令，他們便要跟隨，不得與受制裁人士有生意往來，否則便不能繼續與美元有關的買賣。同理，若制裁一些貧窮國家，如主要向各國售賣石油、並以美金結算的伊拉克，全國甚至會陷入財困、破產。

而若用數碼人民幣來買賣，則可迴避使用SWIFT系統，這是打破美國金融霸權的關鍵。二〇二〇年五月，中國人民銀行（The People's Bank of China, PBOC）宣佈推出「中央銀行數位貨幣」（CBDC），又推出先導計劃，由央行直接推出電子錢包，不再使用大型科企為中介，直接把錢發進用戶戶口。《時代》週刊（*TIME*）一篇題為"Cash-Free Society"的文章，訪問了一位先導計劃的用戶，該用戶表示央行的電子錢包非常方便，但因為沒像科企般推出各種優惠，因此對一般消費者而言缺乏吸引力。

貨幣數碼化是全球趨勢

數碼貨幣並非比特幣等加密貨幣，由政府直接發行及由央行支持，較為穩定和安全；而後者欠缺規管，受黑客入侵的風險高，價格波幅也極大。數碼貨幣的發展能令跨境交易結算更方便快捷，且由於央行監管，更是政府與市民直接打交道、協助政府打擊違法行為的好途徑。若全球使用自家央行的電子錢包，金融業可省掉預計全球每名人類平均三百五十美元的營運開支。

雖然美國聯儲局表示仍在研究數碼貨幣的概念，但是國際結算銀行（BIS）一項調查發現，全球已有百分之八十六的央行正在積極研究數碼貨幣，有六成表示已在進行測試，可見貨幣數碼化已成全球趨勢。復旦大學泛海國際金融學院創辦人 Michael Sung 預計，國際金融貨幣系統將因貨幣數碼化而發生重大轉變，黃金的角色將弱化，一向佔據絕對優勢的美元地位也將慢慢削弱。去年美國政府以紙本支票形式向國民發送紓困金，卻大擺烏龍，竟向逾百萬已故納稅人發送支票，總額達十四億美元。事後監察報告指出，原來是美國財政部及稅務局的系統並無納入社會安全局（Social Security Administration）的死亡人口記錄，可見美國政府的資訊系統漏洞百出。

中國金融不斷創新

而在地球的另一端，中國卻已多走前幾步。中國是繼巴哈馬推出「沙元」（Sand Dollar）後第二個革新全國貨幣系統的國家，可謂領先全球。其實回顧歷史，中國在金融方面一直不斷突破創新，最早的紙幣便是在公元七世紀的唐代發明。相信很快，中國便會創造另一段貨幣史。

央行推出人民幣電子錢包，大規模測試數碼人民幣。中國現時雖只有約二千一百萬人使用該款電子錢包，卻已進行合共約三百四十五億人民幣的交易總額。可見中國社會對電子支付有廣泛支持，可形成厚實基礎，推行全民電子錢包。

文章也提到，其實在二〇一九年六月，擁有二十三億用戶的 facebook 曾提出發行名為 Diem（前身為 Libra）的數碼貨幣，並推測因此推動全球的央行正視數碼貨幣的崛起。在 facebook 公佈消息的四個月後，國家主席習近平便在中國共產黨第十九屆中央委員會第四次全體會議上鼓勵官員把握機會，展示支持數碼貨幣的區塊鏈技術。到了今天，使用區塊鏈技術的中國企業數量冠絕全球，區塊鏈技術在中國發展迅速、成熟，相信也為中國實現人民幣數碼化增加了條件。根據中國銀行香港金融研究院《財經述評》引述香港金管局《金融科技二〇二五》，香港正在探索「央行數字貨幣」（CBDC），將研究「港元數字貨幣」（e-HKD）在本地零售層面的應用，及測試「數字人民幣」（e-CNY）在港使用，提供內地和香港之間的跨境支付服務。此外，特區政府發出五千元電子消費券，除了旨在疫情下刺激消費、推動經濟，相信亦希望鼓勵市民使用電子支付，為數碼貨幣的長遠發展作鋪墊。

二〇二一年九月九日、十二日及十五日《明報》〈三言堂〉

山姆大叔到底想要甚麼

有恐怖分子不惜以血肉之軀，以同歸於盡的姿態向美國發動自殺式襲擊。與其復仇，美國更應反省為何敵人如此憎恨自己。要理解這份血海深仇，我們不妨參考一些美國學者的看法，其中一位是喬姆斯基（Noam Chomsky），他是麻省理工學院榮譽教授、美國著名哲學家及政治評論家。

美國對外政策的主要目標

喬姆斯基的著作 *What Uncle Sam Really Wants* 第一章論及美國對外政策的主要目標，他認為在真正的民主之下，政府應該回應人民的訴求，但美國則以滿足國家利益為先。因此，美國如果不能控制一個民主國家便會將之打倒，換言之，任何違反美國利益爭取自主的國家即會被攻打。喬姆斯基指出，這種對外政策常見於亞洲和拉丁美洲國家，老撾就是悲慘例子。

美國瘋狂轟炸老撾

一九六〇年代，老撾是世界最貧窮的地方之一，當時正展開基礎層次的社會改革（low-level social revolution），以改善國民的生活。美國即以切斷越共補給為藉口，對老撾進行秘密轟炸行動。根據英國廣播公司新聞網（BBC News Online）的報道，在一九六四年至一九七三年越戰期間，美軍在老撾上空曾進行五十八萬零三百四十四次轟炸任務，投擲了二億六千萬枚炸彈。二〇一六年，時任美國總統奧巴馬在老撾舉行的東盟系列峰會上發言，承認美國曾經轟炸老撾，亦指老撾是歷史上被轟炸最嚴重的國家。當時，奧巴馬承諾向老撾提供九千萬美元，在未來三年協助老撾政府清除現時多達七千五百萬枚未爆彈。不過，奧巴馬並沒有為美國屠城式的侵略行為道歉。

喬姆斯基指出，二次大戰後歐洲各國百廢待興，免於戰火洗禮的美國把握機會重塑世界版圖，當時美國國務院和美國外交關係協會（Council on Foreign Relations, CFR）以不同的功能將各國分類，納入「大區域計劃」（Grand Area）。當中，廣泛包括東南亞和非洲的「第三世界」，其功能只是為美國提供天然資源和外需市場，例如上文提及的老撾。

喬姆斯基表示，美國國務院的政策規劃者將「第三世界民族主義」又稱「極端民族主義」（Third World Nationalism or Ultra-nationalism），定性為世界秩序的第一威脅，即是一個國家的政權若回應人民訴求就改善生活質素和製造內需而進行改革，美國即視為「極端民族主義」，並會採取行動將該等政權抹殺，之後建立一個有利外資投入及輸出產能的新政府。而一九六〇年代美國瘋狂轟炸老撾的慘劇，就是美國這種專橫國策的操作。

美國入侵格瑞那達

同樣例子亦見於加勒比海島國格瑞那達（Grenada）。格瑞那達是一個人口僅有十萬多的小島國，其於一九七九年開始社會改革，內容包括選舉自由、宗教自由和言論自由；國家控制資源，限制資金外流等。美國隨後於一九八三年入侵格瑞那達，當時的美國參謀長聯席會議主席約翰維西（John Vessey）解釋，假設蘇聯襲擊西歐諸國，一個對西方懷有敵意的格瑞那達，可能中斷由加勒比海至西歐的原油供應，這樣美國將難以防衛西歐的盟國。以這種充滿假設的牽強藉口，將軍事入侵行動合理化，實際是維護美國利益的血腥政治又一實例。

上文以老撾和格瑞那達為例，說明美國在二戰後一直透過各種藉口，打着維護地區和平、在專權下解放人民等旗號，不斷對他國軍事侵略。雖然這些小國的經濟實力和發展規模，絕不足以為美國帶來任何實際的競爭，但喬姆斯基指出，任何拒絕服務西方工業化經濟體系的國家政權，美國皆會視作威脅，設法將其推倒，並在當地建立附庸政權，而位於拉丁美洲的智利就是一例。

智利總統阿葉德在軍事政變中身亡

正如美國前國務卿史汀生（Henry Stimson）所述，拉丁美洲是「our little region over here, which never has bothered anybody」，反映美國政府的立場，拉丁美洲諸國被視為服務美國利益的附庸國。一九七〇年，阿葉德（Salvador Allende）當選智利總統，開始推行社會改革，包括改善醫療衛生系統、教育系統、提高工資、凍結物價等。而為改善貧窮國民的就業狀況，阿葉德將外資大型企業國有化，當中包括美國擁有的銅礦業務和大型電話公司等，此舉有損美國在當地的投資利益。

時任美國國務卿基辛格（Henry Kissinger）形容智利是「病毒」可「感染」其他國家遠至位於歐洲的意大利。喬姆斯基指出，在這個荒唐的骨牌效應的說法背後，美國並不希望智利透過社會改革成功脫貧，成為他國的「好榜樣」。一九七三年，阿葉德在軍事政變中身亡，美國中央情報局否認參與其中。

美國哥倫比亞大學教授、聯合國秘書長特別顧問薩克斯（Jeffrey Sachs）則肯定當年智利的軍事政變由中央情報局支持，他於二〇二一年八月在國際評論網站 Project Syndicate（評論彙編）撰文"Blood in the Sand"，舉例詳述美國由一九六〇年代至今，透過中央情報局不斷在他國，例如越南、剛果、智利、兩伊、阿富汗等進行暗殺、策動政變的內情。說到底，山姆大叔只為守護美國在世界各地的利益，何曾在乎別國家園遺下焦土血斑。

二〇二一年九月二十一日、二十四日及二十七日《明報》〈三言堂〉

唯「美」主義響起衰亡警號

美國知名學者，哥倫比亞大學教授、聯合國秘書長特別顧問薩克斯（Jeffrey Sachs）對美國外交政策的「唯我獨尊主義」（American Exceptionalism），作出相當嚴厲的批評。

薩克斯教授早前接受中國環球電視網（China Global Television Network, CGTN）訪問，大肆批評自己祖國對阿富汗的外交政策完全失敗，美國入侵阿富汗二十年以來，投放一萬億美元的巨額資金，絕大部份用於軍事用途，相反對於扶助阿富汗人民戰後重建的基礎建設，例如醫院、學校、道路，竟然一毛不拔。CGTN女主持聽畢，面露不解詢問這位美籍教授：「在您的祖國人民眼中，您所説的極為政治不正確（politically incorrect），您怎麼敢於發表剛才的言論？」

軍事手段不能達到外交目的

薩克斯教授表示自己年屆耳順，對於批評不以為忤，他過往四十一年來在世界各地工作，見證美國入侵越南、柬埔寨、干預中美洲國家政權、釀成兩次波斯灣戰爭、以隱蔽行動摧毀敍利亞等等，他表示已經受夠了，他為自己祖國的行徑感到悲哀。薩克斯教授的敢言值得佩服。

至於如何理解美國唯我獨專的軍事外交，薩克斯教授在訪問中引述美國著名心理學家馬斯洛（Abraham Maslow）於一九六六年創作的英文諺語：「when you have a hammer（原文為 if all you have is a hammer），everything looks like a nail」。意指如果你唯一的工具是把錘子，你很容易把每件事情都當成釘子來處理。薩克斯教授解釋，美國擁有強大的軍備，自然每事以戰爭方式解決，以軍事作為外交政策。不過，他坦言軍事手段其實不能達到外交目的（but there is no foreign policy that comes out of military）。

美國自認是全世界最優越和獨特的國家，受上帝賦予（God-given）責任在世界秩序中擔當主導角色，可以干預他國內政，決定地緣政治的發展，驅使美國不斷入侵他國進行反恐戰爭、捍衛自由行動，例如二〇〇一年展開的「Operation Enduring Freedom」。美國多年來到處樹敵，其國際影響力和領導地位因而衰落，實在是適得其反。

呼籲美國摒棄「唯我獨尊主義」

薩克斯教授於二〇一八年出版著作 *A New Foreign Policy: Beyond American Exceptionalism*，暢銷全球，足見世界各地皆非常關注美國的外交政策。這本著作呼籲美國在外交政策上摒棄「唯我獨尊主義」，並應該跟從聯合國在二〇一五年通過的《二〇三〇年可持續發展議程》（The 2030 Agenda for Sustainable Development Goals），以及當中的十七個可持續發展目標（sustainable development goals），與各國攜手解決人類面臨的社會、經濟和環境三方面的發展問題，令全球全面走向可持續發展道路。薩克斯教授的理念與中國的國策不謀而合，中國作為聯合國成員國，已於二〇一六年發表《中國落實二〇三〇年可持續發展議程》國別方案，積極落實相關議程。相反，美國於二〇一八年宣佈退出聯合國人權理事會，再次印證其外交政策上的「唯我獨尊主義」。

薩克斯教授認為，美國的外交政策固然強硬霸道，但亦有光明理想的一面，例如保障全球人權、促進民主自由的精神。然而，美國為求鞏固外交勢力，一方面維繫親美盟國陣營，同時摧毀敵對國家，因而動輒對他國軍事入侵（open warfare），甚至利用中央情報局（CIA）在他國執行刺殺政要、賄賂、策動政變等隱蔽行動（covert operation）。薩克斯教授指出，凡此種種皆不能達成外交目的，只會損害他國內政，更荼毒了美國的法治，將歷任美國總統變成人所共知的，一群參與謀殺和騷亂的共犯。

薩克斯教授指出，中央情報局自一九四七年成立以來，一直是美國總統的秘密軍團，對任何美國政府認為有可能威脅美國國土安全的國家，執行策動政變、刺殺政要、煽動叛亂等隱蔽行動。他在著作中羅列美軍和中央情報局由一九九八年至二〇〇四年在拉丁美洲國家干預內政及策動政變的記錄，例如多明尼加共和國由一九一四年至一九六五年，五度被美國入侵，其中在一九六一年美國更刺殺了前總統特魯希略；亦例如尼加拉瓜由一九一〇年至一九九〇年間不斷被美國攻佔，侵略史跨越八十年之久，令人咋舌。

與盟國聯手瓜分政治利益

除了發動侵略，美國亦經常拉攏利益一致的國家，聯手攻擊目標國家，一同瓜分資源和政治利益。始於一九四〇年代末，伊朗民眾對英屬的石油公司控制伊朗石油資源感到受剝削。至一九五一年，伊朗民選首相穆罕默德摩薩台提出國有化伊朗石油產業的議案獲得國會幾乎一致通過。隨即在一九五三年，中央情報局與英國「軍情六處」（MI6）策動政變合作推翻摩薩台，外資石油公司得以再次進入伊朗，同時扶植了由法茲盧拉扎赫迪領導的親美政權。另一例子，美國政府透過中央情報局為沙地阿拉伯、以色列、土耳其提供武器、資金和戰略建議，意圖推翻敍利亞總統巴沙爾阿薩德，將二〇一一年開始的敍利亞內戰延續至今。根據英國廣播公司（BBC）的專題報道“Why has the Syrian War lasted 10 years?”，截至二〇二〇年十二月，敍利亞內戰中備有記錄的死亡人數高達三十八萬七千一百一十八人，當中十一萬六千九百一十一人是平民，數字並未包括二十萬五千三百名失蹤人口。薩克斯教授指出，慈愛是所有導人向善的宗教的基礎教義，他引述古老先知的教誨，以嚴峻的口吻寫下：「A nation built on iniquity cannot long survive. It will come apart at the seams, as America may be doing today.」他明言，一個建基於罪惡的國家不能長存，美國將逐漸崩壞。他的說法強而有力，如同為美國的衰落吹響了一聲警號。

二〇二一年九月三十日、十月三日及六日《明報》〈三言堂〉

中國發射超音速導彈的啓示

根據《外交事務》雜誌（*Foreign Policy*）一篇題為"China's Orbital Bombardment System Is Big, Bad News—but Not a Breakthrough"的文章，中國於二〇二一年八月測試環繞地球的超音速武器系統，令外間聚焦在超音速一詞上。但到底甚麼是超音速系統？文章作者 Jeffrey Lewis 除作出詳盡的技術分析外，亦作出地緣政治的解釋，我覺得十分值得與大家分享。

作者指出，軌道不等於高度，當我們離開地球進入某一個高度時，就會進入軌道。軌道是一個狀態，是環繞着地球的一個無盡的圈。當我們進入軌道時，就會進入無重狀態。我們可以在科幻電影上看到，太空人可在太空漫步，所有物件都會飄浮。因此，如要成功發射火箭，就需要穿梭機的協助，以燃燒更多燃料，拖慢火箭速度，令火箭可發射到目標地，否則火箭只會在太空不斷飄浮。

蘇聯在冷戰時已發展超音速，當時稱為 Orbital Bombardment System（軌道轟炸系統），令美國十分震驚。軌道轟炸系統的操作，就是一枚載有核子彈頭的大火箭，子彈頭內有一個摩打，蘇聯當年已可以控制這枚摩打慢慢飛落任何目標地。然而，由於當時蘇聯與美國簽訂了 Outer Space Treaty 的太空條約，禁止放置任何核子武器在軌道上，因此蘇聯後來將名字改為 Fractional Orbital Bombardment System（部份軌道轟炸系統），即蘇聯只將核子武器放置在部份軌道上，但其實做法只是掩耳盜鈴。

蘇聯當年重點開發 FOBS，是因為蘇聯如要發射洲際彈道導彈（ICBM）到美國，在地球上需要行走一千三百公里，然而透過軌道的話，就只需要行走數百公里，導彈會早十分鐘到達美國。

FOBS 的另一優勢是可令導彈繞過南極從後面攻擊美國，避過美軍由北極方向發出的雷達探測。然而 FOBS 亦有弊處，例如難以準確地將導彈進入軌道及導彈需要一枚載有大量能源的火箭協助，以推動核子彈頭進入軌道。與此同時，又需要另一枚火箭協助彈頭離開軌道，因此導彈每次只能載有一枚彈頭。

列根當年希望成立一個太空防衛系統（俗稱「Star Wars」）對付蘇聯，但因美蘇雙方簽訂了《反彈道飛彈條約》（Anti Ballistic Missile Treaty, ABMT），加上成立太空防衛系統涉及大量金錢及時間，美國最終將項目擱置。中國於八月測試環繞地球的超音速武器系統，對美國來説是一件壞事，但並不是新事。有別於蘇聯當年，中國是次的系統用上滑翔器，不單令導彈可在軌道上攻擊，更可靈活地控制攻擊目標。相比美國過千項的核子武器，中國只有約一百項核子武器，但如中方能演變滑翔器的用法，令發射系統移動，便可隨時轉變目標，向美國還擊。至於中國為何研發此技術，原因與當年蘇聯一樣，當美方不斷發展核武時，中俄兩國不得不跟隨發展以抗衡美國的威脅。

中美兩方在核武發展上不斷追趕，意義何在？作者指出，透過發展武器而減低對大家的威脅，最終只會鬥得你死我活。要遏止核戰，減武是最有效的方法。只要大家不再競爭，威脅才能消除，戰爭才可避免。

二〇二一年十月三十日及十一月二日《明報》〈三言堂〉

美國迫害華裔科學家

美國迫害華裔科學家並不是新鮮事，早期例子有美籍華裔科學家李文和。一九三九年，李文和於台灣出生，曾在美國加州大學的洛斯阿拉莫斯國家實驗室，從事與核子有關的研究工作。一九九九年十二月，他被指控為中國竊取美國核武庫的機密。據了解，當時聯邦政府掌握的證據相當薄弱，卻在調查期間將年屆六十歲的李及李妻囚禁。經過多年調查，最終因證據不足，由最初控告李的五十九項罪行，減至改控他一項「處理機密文件不當」罪。雙方於二〇〇六年達成和解，李獲聯邦政府賠償一百六十萬美元。時任美國司法部長 John Ashcroft 當時同意參議員 Charles Ernest Grassley 的說法，指聯邦政府對李的提控證據是「fundamentally flawed」。聯邦法官 James A. Parker 最後亦為將李囚禁及拒絕他保釋致歉，同時譴責美國聯邦政府的不當行為誤導法庭。

美國司法部推出「中國行動計劃」

二〇一五年，美國作家 Michael Pillsbury 出版了一本名為 *The Hundred-Year Marathon* 的

書籍，掀起了反華情緒，特朗普利用此書作為其反華理論基礎，將中國視為美國最大威脅，大力展開「獵巫行動」。其實「獵巫行動」時不時都會在美國出現，當年前參議員Joseph McCarthy亦有發起類似行動，以打壓共產黨。很多美國人經常打着「反華反共」的旗號，卻對中國一知半解，更不用說曾否踏入中國的國土。二〇一八年，美國司法部更推出「中國行動計劃」（China Initiative），以防止美國科技及商業秘密被中國盜竊為名，迫害華裔科學家為實。

張首晟教授自殺身亡

二〇一八年十二月，知名華裔科學家，史丹福大學物理系、電子工程系和應用物理系終身教授張首晟自殺身亡，終年五十五歲。張首晟出生於上海，祖籍江蘇，於一九八三年取得德國柏林自由大學物理學學士學位，後赴紐約州立大學攻讀物理學博士，師從楊振寧。二〇〇九年，張入選俗稱「千人計劃」的中國海外高層次人才引進計劃，之後獲清華大學特聘為教授。據聞，聯邦調查局調查被指是幫助中國獲得美國的尖端技術和相關知識產權、由張創立的「丹華資本」。張疑不堪壓力，自殺身亡，公開的原因是憂鬱，令人十分惋惜。

陳剛教授成目標

二〇二二年二月九日，《中國日報》（*China Daily*）一篇題為"MIT Professor Alleges Misconduct by US Prosecutors"的報道，中國出生的麻省理工學院（MIT）教授陳剛，於二〇二〇年成為「中國行動計劃」的目標，並於二〇二一年一月被美國聯邦調查局拘捕。他被控向美國能源部隱瞞自己與中國政府機構的關係，但最終因證據不足，於二〇二二年一月二十日獲撤銷起訴。

陳剛在一個由亞裔美國學者論壇舉辦的網絡研討會上，分享他的被捕經歷。陳指自己十分「幸運」，因為他知道仍有很多人正在接受調查及遭到不公平檢控。他綜合聯邦調查局在「中國行動計劃」中的幾個檢控手法，指美方歪曲事實，將正常的專業活動視為罪行，又會以時間倉卒為藉口而不仔細調查，隱瞞真相及從不承認錯誤。

陳又舉例，美方以陳的一封通訊電郵作為他與中國有聯繫的證據。當時他出席一個由麻省理工學院主辦、在中國科學技術部舉行的活動，陳與平常一樣，用自己的電話做筆記，然後將筆記發送到自己的電郵郵箱。檢控官將此電郵中所有內容複製，偏偏沒有複製最尾一句中國官員向麻省理工學院職員說的「一起工作」（Let's work together），就視此電郵為「待辦清單」（to-do list），視此為陳對中國效忠的證據。陳續指，聯邦調查局視他擔任國家科學基金會的專家顧問為他向中國提供服務的證據。陳表示，為不同機構撰寫專家報告是他作為教授的其中一項日常工作，但聯邦調查局卻視之為他效力中國。雖然陳的案件已獲撤銷，但從來沒有人為聯邦調查局的不當行為，公開及正式地向他道歉。

陳的代表律師 Robert Fisher 指，陳的個案反映「中國行動計劃」已偏離原意，現時聯邦調查局只是透過這些手法來「篤數」證明「中國行動計劃」有存在必要。Fisher 直言，如涉案的不是亞洲人，司法部不會輕易提出檢控。美國這種以防止美國科技被中國盜竊的「中國行動計劃」為由，迫害華裔科學家的行為，實在十分可恥。

二〇二二年二月十二日及十五日《明報》〈三言堂〉

拜登失言　烏克蘭添亂

作為國家領導人或政治人物，當然要時刻慎言，否則只會添煩添亂。好像美國總統拜登便在二〇二二年一月十九日的新聞發佈會中，口口聲聲指俄羅斯將會入侵烏克蘭，但若只是小型入侵（minor incursion），北大西洋公約組織（NATO）將不知如何回應云云。烏克蘭總統澤連斯基（Volodymyr Zelensky）隨即回應拜登言論，指沒有所謂小型入侵，即拜登的判斷嚴重錯誤。若俄羅斯入侵烏克蘭，必定會為了控制烏克蘭，而不會只是小規模行動。拜登和白宮發言人後知後覺地澄清，解釋小型入侵是指準軍事組織或網絡攻擊，俄羅斯進兵烏克蘭固然是侵略行為，前者必然付出沉重代價。

拜登失言已非新事，二〇二一年四月，拜登宣佈美軍會在九月十一日前全面撤離阿富汗，令局勢變得一片混亂，其中最令人難忘的情境是阿富汗首都喀布爾機場平民慌忙逃離的瘋狂畫面。他當時承認撤軍「一團亂」（it's been hard and messy-andyes, far from perfect），已令形象「插水」，今次更是有過之無不及。

拜登在新聞發佈會失言後，德國海軍總監舍恩巴赫（Kay-Achim Schönbach）於一月二十一日在印度新德里演講時，指稱俄羅斯不會放棄烏克蘭南部的克里米亞（Crimea）。這番言論引來烏克蘭政府不滿，認為只令局勢變得更加緊張。舍恩巴赫在第二天（二十二日）致歉並請辭。雖然德國隨後表示與北約立場一致，不會讓俄羅斯得逞，亦重新警告俄羅斯若對鄰國發動攻勢，德國與盟友必會果斷回應。但是，德國卻不會像其他成員國那樣向烏克蘭提供武器援助，認為此舉只會令問題惡化。

烏克蘭處境複雜，俄羅斯一方面表示沒有計劃攻打烏克蘭，另一方面則極為反對北約向烏克蘭提供武器，當然也反對美國諸多干涉。總統普京強調西方國家若得寸進尺，俄方必定不會坐以待斃，將以適當的方式回應。俄羅斯於二〇二一年十二月已向美國及其盟友提交一連串要求，主要要求北約停止在歐洲向東面擴展，以及美國終止與烏克蘭和其他前蘇聯國家的軍事關係。此外，俄羅斯近日調派十萬軍力和多輛軍用車輛到烏克蘭邊境，情況令國際社會擔憂。

烏克蘭曾是前蘇聯一部份，社會和文化與俄羅斯相似。另外，烏克蘭地理位置具有特殊重要性，與歐盟國家以及俄羅斯接壤。自一九九九年，已有十四個東歐國家加入北約，包括波蘭、立陶宛、愛沙尼亞等等。已經有那麼多北約國家包圍俄羅斯，俄羅斯當然不希望烏克蘭成為下一個投歐的國家，讓北約和歐盟在東歐一帶進一步增強勢力。普京在二〇二一年七月曾表示，俄羅斯和烏克蘭是統一的個體（a single whole），共享相同的歷史和文化背景，多年來亦是親密的經濟合作夥伴。對於現時的局勢，普京表示遺憾，同時將矛頭指向外國勢力，認為他們有意挑撥兩國的關係。普京最近軍事上具挑釁性的行為已經成功測試到北約缺乏團結，亦暴露拜登政府猶豫不定的領導能力。

眼見普京態度強硬，拜登如何回應？美國是個非常陽剛、好鬥和要面子的國家，人民十分重視國家形象。美國民眾不會接受拜登在烏克蘭事件上舉棋不定。可是，白宮對俄羅斯的回應非常搖擺，拜登這種領導方式被美國人民和外界視為軟弱，民望固然「插水」。繼阿富汗撤兵後，這次將會是拜登外交能力的另一重大考驗。

二〇二二年一月二十八日及三十一日《明報》〈三言堂〉

俄烏對峙暗藏玄機

俄羅斯和烏克蘭的軍事危機情勢急轉直下，正當美國《有線電視新聞網》（CNN）在二〇二二年二月十四日報道，俄羅斯在烏克蘭邊境部署的軍隊已超過十三萬，一度令國際社會感覺俄烏戰爭已來到臨界點，俄羅斯國防部隨即在二月十五日宣佈，部署在烏克蘭邊境的部份俄軍完成軍演後，現已陸續返回基地。俄羅斯外交部發言人扎哈羅娃（Maria Zakharova）更於同日發表聲明指「西方鼓吹的戰爭宣傳失敗了」（Western war propaganda failed）。確實在較早時候，美國及其主導的北大西洋公約組織（NATO）曾經先後與俄羅斯會談，嘗試緩和俄烏局勢，但美國同時不斷對外放話，屢指俄羅斯即將入侵烏克蘭。問題是，美國此舉有何居心？

美國企圖分化德國與俄羅斯

美國著名網媒《昂茨評論》（*The UNZ Review*）於二月十一日發表題為“The Crisis in Ukraine is not about Ukraine. It's about Germany”的文章，提出一個獨特而合理的觀點，直

指美國介入俄烏危機只為分化德國與俄羅斯的關係，事關連接德俄兩國的天然氣管道項目「北溪二號」（Nord Stream 2）。德國能源依賴進口，以二〇一七年為例，德國從俄羅斯進口五百三十億立方米天然氣，佔德國能源消耗總量四成，而「北溪二號」於二〇二一年已經完成管道鋪設，現只待德國能源監管機構批出營運許可證。美國憂慮「北溪二號」一旦開始輸氣，將增加德國對俄羅斯的能源依賴，而德俄關係繼而變得友好，甚至有可能成為自由貿易夥伴，將嚴重削弱美德同盟關係，乃至美國在整個歐洲的影響力。

上述的論點確有事實根據，美國國務院政治事務副國務卿盧嵐（Victoria Nuland）曾在一月二十七日的記者會發言，指出「如果俄羅斯以任何方式入侵烏克蘭，『北溪二號』項目將不會有絲毫進展」。由此可見，美國積極介入俄烏對峙其實暗藏玄機，表面上保障烏克蘭國土守護歐亞和平，同時透過輿論不斷向國際社會渲染俄羅斯的霸凌者形象，令德國難以批准「北溪二號」項目，目的維持對德國及其他歐洲盟國的操控。

據《紐約時報》（New York Times）報道，美國政府在二月十一日聲稱，俄羅斯將在二月十六日入侵烏克蘭，即時導致國際社會高度緊張，烏克蘭總統澤連斯基更將二月十六日定為「國民團結日」（Unity Day），呼籲當日全國建築物懸掛國旗，國民唱國歌，以示團結。

不過，隨着俄羅斯二月十五日在烏克蘭邊境撤離部份軍隊，俄烏局勢有緩和跡象，而如今二月十六日已過，美國的預言落空。不過，《彭博新聞社》（*Bloomberg News*）於二月十七日報道，有美國政府高級官員向記者表示，俄羅斯不但未有撤軍，還在烏克蘭邊境增兵七千人，但該名官員沒有提供證據支持有關說法。

拜登擅自為德國代言

美媒《昂茨評論》解釋，美國不惜一切，毫無根據地不停製造「危機氛圍」，是要透過抹黑俄羅斯的國際形象，破壞德俄兩國的互信，迫使德俄天然氣管道項目「北溪二號」告吹，斷絕德俄的長遠合作關係。《昂茨評論》指出，美國憂慮一旦德國批准「北溪二號」輸氣，德俄兩國將進入雙贏局面，開展兩國友好進程，德國將不再需要駐德美軍基地，不需購買美國的軍備和導彈防禦系統，甚至可能退出北約。而且，德國作為歐洲最大經濟體，從此不必以美元購買能源，嚴重影響美元價值，乃至削弱美國在國際經貿領域的影響力。

《昂茨評論》更指俄羅斯自蘇聯一九九一年解體以來，並未入侵任何國家，相反美國在同一時期使超過五十個國家的政權倒台，至今在世界各地設置超過八百個美軍基地，如今美國公然指摘俄羅斯為侵略者，就是血口噴人。美國在俄烏事件所做的一切，只為將德國緊納囊中，維持美國在歐洲的單邊霸權。正如二月七日記者會上，拜登竟擅自為德國代言，表明如果俄羅斯入侵烏克蘭，將會結束「北溪二號」項目。不過，同場的德國總理朔爾茨（Olaf Scholz）明顯與拜登立場不同，記者會上避談「北溪二號」，並拒絕承諾中止「北溪二號」的運作。看來，美國的如意算盤未必能再次打響了。

二〇二二年二月十八日及二十一日《明報》〈三言堂〉

基辛格的先見之明

隨着普京於二〇二二年二月二十四日宣佈在烏克蘭展開軍事行動，俄軍從多方面進逼烏克蘭，首都基輔（Kyiv）及多個城市遭到炮擊。烏克蘭軍隊頑強抵抗，總統澤連斯基表明不會離國。俄烏雙方僵持，導致死傷加劇，局勢危急。

處理烏克蘭危機，由結果開始

就今天的俄烏局面，美國前國務卿基辛格（Henry Kissinger）早有先見之明，他於二〇一四年在《華盛頓郵報》（*The Washington Post*）發表題為"To Settle the Ukraine Crisis. Start at the End"的評論文章，意指「處理烏克蘭危機，由結果開始」，呼籲各方領導人停止在烏克蘭問題上爭相擺姿態，而更應該共同審視結果，亦即烏克蘭的出路，以符合各方的價值觀和安全利益，否則局勢只會加速走向對立，衝突不日而至。

基辛格解釋，俄國、西方、歐盟各自為政，在處理烏克蘭問題上一直未能互相妥協，達成共識。例如俄國素來強迫烏克蘭成為其衛星國，只會延續與歐美之間的緊張關係；西方則漠視俄烏淵源，認為俄羅斯只視烏克蘭為一介鄰國，其實俄烏人民同屬東斯拉夫民族，兩國共享版圖乃至文化根源的歷史可追溯至「基輔羅斯」（Kievan Rus），這個存在於八八二年至一二四〇年、以基輔為首都的城邦聯盟。

而歐盟則對烏克蘭實行官僚主義，令烏克蘭入歐進程一再拖延，加上「聯繫國協定」（EU Association Agreement）要求烏克蘭入歐前需要大幅改革經濟、司法和金融以銜接歐盟各國的標準，最終烏克蘭政府於二〇一三年十一月宣佈暫停與歐盟簽署該協定。基辛格指出，歐盟讓國內政策淩駕戰略大局是優次不分，更使烏克蘭與歐洲關係由談判轉變成危機。

基辛格認為，國際社會慣於將烏克蘭問題視為一種「攤牌」（showdown），單純圍繞着究竟烏克蘭最終加入東方俄營，還是西方陣營。不過，烏克蘭若要求存並興盛，便絕對不能成為任何一方對抗的前哨，而是應該充當聯繫各方的橋樑。就烏克蘭的出路，基辛格提出四項原則，其中以烏克蘭「芬蘭化」最廣為議論。

基辛格提出四項原則

基辛格提出四項原則，但強調這些原則並不能完全滿足所有持份者，所以處理烏克蘭問題真正的考驗並非如何做到皆大歡喜，而是要讓持份者平均地承擔不滿（balanced dissatisfaction），共同讓步。

首兩項原則分別是「烏克蘭有權加入歐洲的政治與經濟聯盟」和「烏克蘭不應加入北約」，前者符合歐洲利益，後者則解除俄羅斯的疑慮；第四項建議「俄國承認烏克蘭對克里米亞擁有主權」，此項照顧烏克蘭及美國的利益。事緣俄羅斯於二〇一四年吞併烏克蘭領土克里米亞，造成俄烏的嫌隙及美俄關係惡化。

「芬蘭化」是烏克蘭的出路？

第三原則建議烏克蘭在國際上「應採取與芬蘭相當的姿態」，這觀點廣為議論。據基辛格所論，芬蘭表現出強烈的獨立性，並在大部份領域與西方合作，同時能避免對俄羅斯的體制產生敵意。芬蘭東面上千公里國境接壤俄羅斯，兩國命運交纏多年。一八〇九年，芬蘭由瑞典割讓給沙俄成為自治大公國，直至一九一七年俄國革命後，芬蘭才正式宣佈獨立，並獲俄羅斯蘇維埃（蘇俄）政府承認。

隨着《蘇芬友好合作互助條約》在一九四八年簽訂，芬蘭的「中立國」地位得以確立。該條約強調蘇俄不會吞併芬蘭及不干涉其內政，但芬蘭須保持中立，不得加入西方軍事同盟，意指北大西洋公約組織（NATO）。芬蘭表面中立實質受制蘇俄，曾被西德媒體譏為「芬蘭化」（Finlandization）。即使如此，芬蘭兩任總統巴錫基維、吉科寧在整個冷戰期間維持「芬蘭化」路線，對蘇俄採取讓步策略，雙方關係友好。

芬蘭成功換取蘇俄信任，逐漸靠攏西方，於一九五五年加入聯合國及北歐理事會、一九六一年加入歐洲自由貿易聯盟成為準會員國，至一九九一年蘇聯解體，芬蘭遂於一九九五年加入歐盟。此後，芬蘭積極成為俄羅斯與歐盟的溝通橋樑，例如在一九九七年提出「北方政策」（Northern Dimension Policy），促進俄歐在能源與環保領域的合作。

基辛格認為，烏克蘭絕對不能成為東西角力的前沿，而是應該充當團結東西雙方的橋樑，而「芬蘭化」正是烏克蘭的最佳出路。冷戰期間，芬蘭實行「中立國」路線，拒絕加入西方領導的北約，以換取俄羅斯的信任，並同時拒絕加入蘇聯領導的華沙公約組織（Warsaw Pact），確立名義上的獨立地位。蘇聯解體後，芬蘭於一九九五年加入歐盟，此後成為俄歐經貿合作的橋樑。雖然俄烏之戰已經開打，基辛格的建議實踐無望，但其實「芬蘭化」一直以來都不是烏克蘭的合理選項。

普京認為俄烏人民是「同一民族，一個整體」

與芬蘭不同，烏克蘭與俄羅斯兩國共同起源自建立於公元八八二年的第一個東斯拉夫民族國家「基輔羅斯」（Kievan Rus），自此兩國的歷史文化緊密交纏，尤以今天的烏克蘭人為例，烏克蘭西部的人民主要說烏克蘭語，信奉天主教；東部人民則主要說俄語，信奉俄羅斯東正教，足證烏克蘭並非俄羅斯的一介鄰國，與芬蘭有本質上的差異。正如普京在二〇〇八年向喬治布殊表示「烏克蘭並非一個國家」，而在二〇二一年七月公開發表的一份文章中，普京直指俄烏人民是「同一民族，一個整體」（one people-a single whole），文章結論更強調「烏克蘭真正的主權只能與俄羅斯共同擁有」。

由此可見，對俄羅斯而言，烏克蘭從來都不能效法芬蘭以「中立國」自居。事實上，烏克蘭總統澤連斯基曾於二〇二二年二月二十四日公開表示願意與俄羅斯進行烏克蘭中立地位的談判，但俄羅斯未有理會，同日開始進攻烏克蘭。值得注意的是，芬蘭廣播公司（Yle）於二月二十八日發佈民調，顯示超過五成芬蘭人支持加入北約，反對僅少於三成。芬蘭總統尼尼斯托（Sauli Niinist）遂於三月訪美時表示，這是首次看到大多數芬蘭人支持加入北約，並「已準備好討論加入北約的可能性」，看來「芬蘭化」快將成為空談。

二〇二二年三月二日、五日及八日《明報》〈三言堂〉

俄烏大戰始作俑者是誰

二〇二二年二月二十四日俄烏大戰爆發，西方政界和媒體幾乎一面倒指摘俄羅斯入侵烏克蘭，將普京描繪為「納粹狂魔」，烏克蘭總統澤連斯基被渲染成為人民英雄。當然，戰爭的慘況令人震驚，人民是最無辜的受害者，據報目前有超過一百五十萬烏克蘭難民湧入歐洲，烏克蘭人承受極大的苦楚，毋庸置疑。不過，始作俑者究竟是誰，這點值得商榷。其實，無論美國或中國的知名教授皆認為俄烏大戰的始作俑者是美國，其中一位是美國著名政治學家，芝加哥大學研究國際關係的米爾斯海默教授（John Mearsheimer）。

北約東擴迫使俄羅斯反抗

米爾斯海默教授的名著 *The Tragedy of Great Power Politics*（大國政治的悲劇）提出理論，指出大國之間難免一戰，美國視中國為實力相當的競爭對手（peer competitor），但只視俄羅斯為正在沒落的大國（declining power）。雖然如此，米爾斯海默教授仍然認為俄烏大戰的始作俑者是美國，乃至以美國為首的西方國家。米爾斯海默教授早在二〇一五年六月一場芝加哥大學的演講中指出，自蘇聯解體後，美國領導的北大西洋公約組織（NATO）未有解散更不斷東擴，無視普京的反對，最終迫使俄羅斯作出反抗行動。

蘇聯解體後，北約在一九九九年東擴，將前華沙公約組織的波蘭、匈牙利和捷克吸納為成員國；二〇〇四年再次東擴，吸納七個國家成為新成員：羅馬尼亞、保加利亞、斯洛伐克、斯洛文尼亞，以及俄羅斯相鄰的波羅的海國家愛沙尼亞、拉脫維亞和立陶宛。更甚者，北約於二〇〇八年在羅馬尼亞首都布加勒斯特召開高峰會，宣佈與俄羅斯接壤的格魯吉亞、烏克蘭可以加入北約，米爾斯海默教授指，北約透過此舉，意圖將烏克蘭變成西方在俄羅斯邊境的堡壘（bulwark）。對此俄羅斯再也無法忍耐，於同年八月進攻格魯吉亞；時至二〇一三年冬季，烏克蘭發生親歐盟民眾示威「廣場革命」（Maidan Revolution），親俄派總統亞努科維奇（Viktor Yanukovych）被推翻而流亡俄羅斯，導致俄羅斯於二〇一四年初攻佔烏克蘭領土克里米亞（Crimea），以抗拒北約不斷擴大的包圍網。

廣場革命是俄烏局勢分水嶺

「廣場革命」是俄烏局勢的分水嶺，米爾斯海默認為美國積極參與其中，特別指出美國已故資深參議員麥凱恩（John McCain）在二〇一三年十二月親身到基輔獨立廣場為反政府示威者打氣，高調支持烏克蘭加入歐盟。

此情況似曾相識，正如二〇一九年香港經歷反修例風波，市民上街遊行之際，美國眾議院議長佩洛西（Nancy Pelosi）竟以「亮麗的風景線」（a beautiful sight to behold）形容香港。美國多名參議員，包括克魯茲（Ted Cruz）、斯科特（Rick Scott）、霍利（Josh Hawley）更於九月至十月親身到非法暴亂的現場為黑暴分子打氣。美國打着支持他方民主自由的旗號，實質為求扶植當地親西方分子，煽動並激化當地人民與政府之間的矛盾，造成當地社會生命財產的嚴重損失。「廣場革命」為期九十三天，最終導致一百二十五人死亡，一千八百九十多人受傷，六十五人失蹤。

「廣場革命」成功推翻親俄派的亞努科維奇，隨即親歐派的圖奇諾夫（Oleksandr Turchynov）上台，進一步令烏克蘭東部的親俄勢力受到壓迫，促使俄羅斯即時作出反應，鞏固防禦以應對西方的持續進逼。亞努科維奇下台翌日，即二〇一四年二月二十三日，普京召開國安會議表明「必須開始着手讓克里米亞回歸俄羅斯」，二月二十七日俄羅斯出兵克里米亞，至三月十八日俄羅斯和克里米亞簽署條約，將克里米亞及其港口城市塞瓦斯托波爾（Sevastopol）歸入俄羅斯。烏克蘭東部的親俄勢力響應俄羅斯的行動，二月在頓涅茨克、盧甘斯克兩個城市，與烏克蘭政府軍交戰，至二〇一四年九月及二〇一五年二月兩次停火協議，即《明斯克協議》（Minsk agreements）簽署後，戰事才有所緩和。

克里米亞與俄羅斯有深厚淵源

為抵禦西方勢力的不斷進逼，普京在二〇一四年出兵烏克蘭，克里米亞與俄羅斯有深厚淵源，因而成為首要目標。克里米亞境內六成人口為俄羅斯裔，在一九五四年前一直是蘇俄領土，直至同年赫魯曉夫將其劃分給烏克蘭。在戰略價值上，克里米亞的港口城市塞瓦斯托波爾素有「黑海門戶」之稱，是控制黑海海域的軍事要地，亦是俄羅斯黑海艦隊的基地。而在一八五三年至一八五六年間，俄羅斯帝國與鄂圖曼帝國及英法意三國為爭奪小亞細亞開戰，克里米亞正是必爭之地，史稱「克里米亞戰爭」（Crimean War），這場戰役更富有俄羅斯人對抗歐洲的象徵意義。

另一方面，烏克蘭是兩極化的國家，烏克蘭東部的人民說俄語，信奉俄羅斯東正教；西部的人民則說烏克蘭語，信奉天主教，思想上較為親西方，普遍希望加入歐盟。正如美國前國務卿基辛格於二〇一四年在《華盛頓郵報》（*The Washington Post*）撰文，強調烏克蘭的任何一方試圖主宰另一方，終會導致內戰或分裂；若然將烏克蘭擺佈成為東西陣營對抗的棋子，西方與俄羅斯的合作前景將化為泡影。如今北約多次東擴，二〇〇八年更高調拉攏烏克蘭加入北約，據米爾斯海默教授，北約此舉正是將烏克蘭變成西方在俄羅斯邊境的堡壘。結果一如基辛格所言，烏克蘭兩派內鬥，而俄羅斯為免烏克蘭落入西方，終於出兵烏克蘭。

雖然事實擺在眼前，但《經濟學人》（*The Economist*）仍於二〇二二年二月底刊出題為 "Where will He Stop?" 的文章，指俄烏大戰未經任何第三方挑釁，反問普京將在何處止步，停止侵略烏克蘭。我於三月八日致函《經濟學人》回應，舉例證明西方多年來挑釁俄羅斯的行為，包括北約東擴及拉攏烏克蘭、二〇二一年六月英國驅逐艦「捍衛者號」在克里米亞水域巡邏事件，以及同年十月美國兩架 B-1B 轟炸機在黑海上空演練，最終由俄軍戰機陪同飛離俄羅斯國界。早在俄烏大戰前夕，西方媒體不斷將俄羅斯污名化，成功挑撥國際社會的反感情緒，美方更公然插手俄德兩國的天然氣合作項目「北溪二號」，脅迫俄羅斯聽從西方指示。凡此種種皆證明米爾斯海默教授所言非虛，俄烏大戰的始作俑者正是美國。

二〇二二年三月十一日、十四日及十七日《明報》〈三言堂〉

國際刑事法院的雙重標準

二〇二二年三月十六日，拜登在白宮會見記者，首度以戰爭罪犯（war criminal）形容普京。其後白宮發言人指，就界定普京有否干犯戰爭罪行，美國國務院正進行相關法律程序。美國有意追訴普京之際，早於二月二十八日，即俄烏大戰開始四日後，國際刑事法院（ICC）的首席檢察官、英國律師卡里姆汗（Karim Khan）已宣佈就「烏克蘭發生戰爭罪行及危害人類罪行的指控」展開調查。對此，香港前刑事檢控專員、英籍資深大律師江樂士（Grenville Cross）撰寫題為"Neutrality Key for International Criminal Court"的文章，指出國際刑事法院行事有雙重標準之嫌。

俄烏兩國並非《羅馬規約》締約國

據江樂士稱，國際刑事法院於二〇〇二年成立，其功能是起訴種族滅絕罪、危害人類罪、戰爭罪、侵略罪。《羅馬規約》（Rome Statute）規定了國際刑事法院的職能和管轄權，第十二條訂明國際刑事法院可對《羅馬規約》的締約國（state party）行使管轄權，而非締約國若在締約國領土干犯上述罪行，國際刑事法院亦可以介入。值得注意的是，俄羅斯和烏克蘭兩者都不是《羅馬規約》的締約國，國際刑事法院理應不能對任何一方介入調查。

不過，卡里姆汗解釋，由於烏克蘭曾在二〇一三年和二〇一四年兩次接受國際刑事法院介入其領土內發生的戰爭罪行，這表明烏克蘭已經「在開放式基礎上」（on an open-ended basis）接受了管轄權。而在三月二日，卡里姆汗更宣佈他已經組織了一個團隊，當天正在前往烏克蘭戰區，但當地戰況激烈，這種情況顯然不適合任何形式的調查。國際刑事法院在管轄權問題上自圓其說，乃至罔顧法院人員的安全，千方百計積極介入調查俄方涉嫌干犯的罪行，正好與美國的立場同出一轍。

對也門內戰視而不見

國際刑事法院高舉人道主義旗幟，積極介入調查俄烏大戰的同時，卻在過往八年間屢次無視國際人權組織的要求，未有介入調查自二〇一四年起進行至今的也門內戰（Yemeni Civil War），的確有雙重標準之嫌。

正如美國參議員桑德斯（Bernie Sanders）二〇二一年十二月三日向《衛報》（*The*

Guardian）表示，也門內戰是「一場美國支持並持續深度參與的戰爭」。江樂士更指出，在美國和西方軍事工業複合體（military-industrial complex）的支持下，沙地阿拉伯率領的聯軍獲得充足的武器和資源，一直對也門空襲。而據聯合國開發計劃署（UNDP），二〇二一年也門的死亡人數達到三十七萬七千人，其中七成是五歲以下的兒童。

美國支持的也門內戰導致了世界的重大人道主義危機，而國際刑事法院選擇視而不見。事實上，國際特赦組織與歐洲憲法與人權中心（ECCHR）曾在二〇一九年十二月聯合向國際刑事法院檢察官發出正式請求，要求調查武器製造商和相關官員在也門犯下的戰爭罪行，但未獲得任何跟進。

二〇二一年八月，國際人權律師卡德曼甚至呈交也門內戰人倖存者的供詞，除交代獄中遭受酷刑和謀殺外，更證實了二〇一六年十月沙地聯軍導彈襲擊造成至少一百一十人死亡，以及二〇一八年八月沙地聯軍空襲摧毀一輛校車造成數十人死亡。不過，國際刑事法院對於上述鐵證未有採取任何行動，其首席檢察官卡里姆汗現時仍未就也門內戰展開正式調查。

雖然也門並非《羅馬規約》締約國，但部份沙地聯軍的成員及支援者屬於締約國，這賦予了國際刑事法院調查也門內戰的權力。相反，俄羅斯和烏克蘭兩者都不是《羅馬規約》的締約國，國際刑事法院卻積極介入調查俄烏大戰。如江樂士所指，質疑國際刑事法院公正性的聲音不斷增加，法院的雙重標準令人感覺歐洲人的生命勝過他人，但如此看來，似乎西方利益更勝人命。

二〇二二年四月一日及四日《明報》〈三言堂〉

歐美制裁的反作用力

因應俄烏大戰，美國和歐盟宣佈對俄羅斯實施多輪制裁，涵蓋金融範疇包括將俄羅斯銀行剔出SWIFT、商品及農作物進出口、航運領域等多個方面，當中拜登形容，能源交易才是俄羅斯的經濟命脈（the main artery of Russia's economy）。因此，美國於二〇二二年三月八日通過行政命令停止進口俄羅斯石油、液化天然氣及煤，英國亦宣佈在二〇二二年內停止進口俄羅斯石油。歐盟於三月二十一日舉行外長會議，成員國立陶宛和愛爾蘭呼籲歐盟討論停止進口俄羅斯石油，但由於德國依賴俄羅斯能源進口，歐盟未能達成共識。

《經濟學人》（*The Economist*）三月十二日刊登文章"Can the World Cope without Russia's Huge Commodity Stash?"，指出歐美制裁俄羅斯的同時，將會嚴重打擊全球物資供求秩序，最終導致敵我皆傷。文章指自蘇聯解體，俄羅斯與世界經濟的依存關係已經加強並變得更加複雜。現時俄羅斯的天然氣、石油和煤炭的出口量分別排名世界第一、第二和第三，而據英國廣播公司（BBC）三月二十五日報道，三者分別佔歐盟總進口量的百分之四十五、百分之二十五和百分之四十五。美國進口的二分之一的鈾（uranium）、全世界十分之一的鋁和銅，以及五分之一的電池級鎳（nickel）皆來自俄羅斯。此外，汽車和電子行業關鍵貴金屬鈀（palladium），乃至小麥和肥料的全球供應，皆由俄羅斯主導。

除了影響大宗商品的供應鏈，歐美制裁俄羅斯同時觸發金融市場的劇烈動盪。美國國務卿布林肯於三月六日表示正在與盟友討論制裁方案，翌日倫敦布倫特原油期貨（Brent crude）價格一度飈升至每桶逾一百三十九美元，為二〇二一年十二月一日價格的兩倍。同日，倫敦金屬交易所（LME）暫停鎳交易，這是交易所成立一百四十五年來第二次暫停鎳交易，衝擊的深度和廣度史無前例。文章指出，如果緊張局勢進一步加劇，能源和金屬可能需要配給，私營公司和個人生活的需求將要痛苦地調整。富裕的世界將會崩潰，貧窮國家可能會破產。即使最終俄羅斯屈服，但世界早已面目全非。

緊接美國於三月八日實施制裁停止進口俄羅斯石油，美國汽車協會（AAA）於三月十一日公佈「全美無鉛汽油平均價格」達到史上最高的每加侖四點三三一美元。為降低居高不下的汽油價格，拜登於三月三十一日宣佈在未來六個月，每日釋出一百萬桶石油，總量將達一億八千萬桶，消耗美國近三分之一的戰略石油儲備。當日，美國原油價格隨即下調百分之四點一，倫敦布倫特原油價格亦下降百分之三點五，但美國汽油價格只錄得輕微變動，由每加侖四點二二五美元跌至四月一日的每加侖四點二一五美元，只降低了一美分。

美國因制裁俄羅斯迎來巨大的代價，史無前例的石油釋出量仍不足以挽回市場信心。《經濟學人》解釋商品市場恐慌有兩個原因，首先是封城過後強勁的經濟復甦刺激了對能源的需求過盛，其二是制裁導致俄羅斯石油的供應消失，美國及國外的銀行為免遭巨額罰款皆停止為俄羅斯相關的貿易簽發信用證，保險公司亦拒絕為黑海航行的商船承保，令集裝箱業界巨頭 Maersk 和 MSC 於三月初撤出俄羅斯。

俄羅斯以往每天出口七百萬至八百萬桶石油，其中一半銷往歐盟。制裁後，除了造成能源危機，俄產的鎳及鋁短缺亦會導致電動車乃至罐頭等必需品停產。摩根大通預計，二〇二二年全球經濟增長將下跌零點八個百分點。制裁俄羅斯引發全球市場供求失衡，《經濟學人》指出市場有可能通過經濟學家所謂的需求破壞（demand destruction），強制減少需求，以艱難的方式適應飈升的價格。正如國際能源署（IEA）三月十八日建議先進經濟體的人民每週在家工作三天，以削減石油使用量。

歐美聯手制裁俄羅斯，且不論俄羅斯作出的反制措施，整體西方社會的商品製造、金融商貿，乃至人民日常生活將因為資源短缺，承受巨大的打擊。而制裁所致國際油價飈升，更令遠在亞洲的斯里蘭卡因實施停電措施爆發大規模示威，總統戈塔巴雅於四月一日宣佈全國進入緊急狀態。歐美企圖以充滿敵意的方式解決俄烏危機的同時，正一手造成這場歷史性的全球經濟危機。

二〇二二年四月七日及十日《明報》〈三言堂〉

美國會步大英帝國後塵衰落嗎？

弗格森（Niall Ferguson）一九六四年生於蘇格蘭，是當代最年輕且聲譽最高的英籍歷史學者之一，亦是美國外交政策的權威評論家。他畢業於牛津大學莫德林學院，先後任教劍橋大學和紐約大學，更獲邀擔任清華大學客席教授，現職哈佛大學教授，同時是史丹福大學胡佛研究所的資深學人。除了在學術界地位斐然，弗格森活躍於寫作，著作甚多，在民間非常普及，經常登上《紐約時報》（*New York Times*）暢銷書榜。二〇〇四年，他更被《時代》雜誌（*TIME*）列為「全球最具影響力一百人」之一，實在當之無愧。

二〇二二年一月，弗格森於胡佛研究所出版的期刊（*Hoover Digest*）發表題為"*Daring to Undeceive*"的文章，意指「有否膽量不欺瞞」。文章的標題節錄自英國前首相邱吉爾撰寫的二戰回憶錄 *The Gathering Storm* 的內容「The multitudes remained plunged in ignorance...and their leaders, seeking their votes, did not dare to undeceive them」，指倚靠民選的政客經常在人民面前營造假象，而今天西方的民主領導人，沒有膽量向選民講真話。弗格森直指美國人目睹了他們的政府可恥地（ignominiously）撤離阿富汗，並聽取拜登總統為他所造成的邪惡混亂（unholy mess）極力辯護。凡此種種，令人回想起上述邱吉爾精闢的批評，弗格森更認為，今天的美國在許多方面都類似兩戰期間的英國。

帝國規模大經營成本高

弗格森這篇文章回顧大英帝國由第一次世界大戰開始由盛轉衰的過程，分析衰落的原因，並討論這些因素能否應用在美國身上，以至探討美國會否步大英帝國後塵同樣走向衰落。大英帝國由其領土、殖民地、自治領（dominion）、保護國（protectorate）組成，戰勝第一次世界大戰後，根據一九一九年簽訂的《凡爾賽條約》（Treaty of Versailles），獲取德國的前殖民地，領土面積達到三千四百萬平方公里，覆蓋全球陸地四分之一，成為史上最龐大的「日不落帝國」。全盛期後自然開始衰落，弗格森認為問題癥結在於帝國過度擴張（imperial overstretch）。

弗格森指出今天的美國在各方面皆類似兩戰期間的大英帝國。美國現有屬地包括波多黎各、美屬處女群島、關島、北馬里亞納群島，及美屬薩摩亞。按英國的標準，這只是微不足道的清單。儘管如此，美國的軍事勢力幾乎和當時的大英帝國一樣無處不在，武裝人員遍佈一百五十多個國家，部署兵力多達二十萬人。不過，弗格森引述一九三〇年代英政府綏靖派（appeasers）的觀點說明，由於帝國規模過大，經營成本過於高昂，以致不能作出更多的軍事承諾。這解釋了美國國防開支佔GDP的比重將從二〇二〇年的百分之三點四預計下降到二〇三一年的百分之二點五。

兩國在公共債務的龐大規模亦有可比之處。一戰後大英帝國的公共債務從一九一八年佔GDP的百分之一百零九上升到一九三四年的略低於百分之二百；而今天美國的公共債務將達到GDP的近百分之一百一十，甚至高於二戰剛結束時的峰值，美國國會預算辦公室估計，到二〇五一年公債可能超過百分之二百。然而，大英帝國的蕭條較溫和，因一九三一年放棄金本位制使貨幣政策得以放鬆，令實際利率下降，償債負擔減輕；而美國前財長薩默斯（Lawrence Summers）預測美國的實際利率將從二〇二七年轉為正值，至本世紀中葉上升至百分之二點五，利率上升令美國的債務償付成本提高，從而擠壓聯邦預算的其他部份，尤其是國防等可以自由支配的支出。

美國經濟產出相對衰落

相對衰落（relative decline）是另一個相似點。根據經濟史學家麥迪森（Angus Maddison），一九三〇年代英國的經濟產出不僅被美國，也被德國和蘇聯超越。弗格森指出，今天的美國也有經濟產出相對衰落的問題，按同等的購買力計算，二〇一四年中國的GDP已經趕上了美國；而按現值美元計算，美國經濟規模仍較中國大，但預計差距將會縮小，中國目前的GDP約為美國的百分之七十五，到二〇二六年這比例將高達百分之八十九。弗格森強調，中國的經濟規模從未超過冷戰時期美國的百分之四十四，但對美國構成了重大的經濟挑戰。從人工智能到量子計算，中國正尋求在許多具有國家安全應用的技術領域趕上美國。

美國的四大虧缺

弗格森認為美帝國（American Empire）的終結不難預見，即使在二〇〇三年入侵伊拉克後，帝國主義在全國高漲之際，當時美國的全球地位已經存在四個弱點，分別是因長期駐軍阿富汗和伊拉克所產生的人力虧缺（manpower deficit）、龐大公債所致的財政虧缺（fiscal deficit）、美國選民對大規模干預漸失興趣的焦點虧缺（attention deficit），以及決策者不願從過往汲取教訓的歷史虧缺（history deficit）。

美帝國面對內憂外患

尤其財政虧缺是美帝國難以維持的關鍵因素，弗格森表示現時美國負值的「淨國際投資頭寸」（NIIP）是一個比國內財政赤字更嚴重的問題。NIIP 量度一個經濟體境外的金融資產及負債，正值代表成為他國的債權人，負值代表對他國負債，而今日美國的 NIIP 規模高達 GDP 負值的百分之七十。相比之下，兩戰之間的英國仍擁有正值的 NIIP，從一九二二年到一九三六年一直高於 GDP 一倍，而出售白銀亦是英國為二戰埋單的方法。不過，美國沒有同等的儲備金，只能通過不斷向外國出售公債以支付其世界霸權的成本，以致美帝國的根基不穩。

除了對外負債纍纍，國內出現的自我仇恨情緒亦加速美帝國的衰落。弗格森指，二〇二〇年代的美國人已不再鍾情於帝國主義，而美國左右兩派皆經常詆毀美帝國思想。創刊於一八六五年的老牌左派雜誌《國家》（*The Nation*）刊登題為〈美帝國正在分崩離析〉的評論文章；右派經濟學家柯文（Tyler Cowen）曾譏諷「美帝國的衰落會是甚麼樣子」。非裔美國哲學家韋斯特（Cornel West）更認為「黑人的命也是命」運動（BLM）根本與對抗美帝國的鬥爭是同一回事。美帝國面對內憂外患，確實如弗格森所言，正在走上痛苦的衰落之路。

二〇二一年四月十九日、二十二日及二十五日《明報》〈三言堂〉

番外

內地整頓娛樂圈　體現國家危機意識

論近期香港最紅的男團當然非MIRROR莫屬，紅到傳媒要在《施政報告》答問大會上問行政長官有沒有特別欣賞的男團成員，紅到演唱會門票炒至二萬四千元一張，紅到有「名校家長」要求行政長官勒令取消MIRROR演唱會減低「不良狀態」，紅到「鏡粉」的應援廣告鋪天蓋地搶入視野。

王一博和肖戰躍進「頂流」

不過，比起內地娛樂圈翻天覆地的變化，MIRROR現象可謂小巫見大巫。我在去年已撰文〈內地文化創意產業吸引香港觀眾〉（《經濟通》二〇二〇年九月二十一日）討論過，近年內地娛樂圈進入盛世，電視劇、網絡劇百花齊放、點擊量驚人，明星流量帶動經濟，「頂流」霸佔網絡版面及榜單排名，各家粉絲聲勢浩大。

電視劇《延禧攻略》成為二〇一八年谷歌（GOOGLE）全球搜索最多的電視劇，至今為人津津樂道。二〇二〇年《三生三世枕上書》的點擊量達八十多億，迪麗熱巴的熱度至今不滅，在《你是我的榮耀》（二〇二一年）和楊洋的配搭更被譽為「顏值天花板」。那邊廂，播放量達五十億的《陳情令》（二〇一九年）讓雙男主耽改劇進入主流，王一博和肖戰躍進「頂流」行列。之後的《山河令》（二〇二一年）也讓男主龔俊和張哲瀚成為爆紅的「男男CP」，當時大家以為二〇二一年會是「耽改一〇一」（耽改年），待播耽改劇有五十多齣之多，而且大多是由當紅男星主演。

可是，事情最忌過猶不及，最近內地娛樂圈頻頻出事，鄭爽借肚代孕再棄養被指有違人倫，成為第一個官方公佈全面封殺的劣跡藝人，引發中國演出行業協會推出《演出行業演藝人員從業自律管理辦法》（二〇二一年三月實施）。上海更舉辦了「全市文藝工作者藝風藝德專題培訓班」（二〇二一年九月），孫儷、唐嫣等藝人乖乖上課。

飯圈變狂走歪

此外，內地粉絲過份投入，除了追捧自家偶像、打榜等等，有時會和對家粉絲開撕，更會向偶像工作室嗆聲，說得好聽是維護偶像權益，說得難聽是工作室也要「買佢怕」，衍生出的飯圈文化、粉絲經濟，慢慢變狂走歪。例如選秀節目《青春有你二》的投票方式引致粉

絲購買大量牛奶後倒掉，行為非常要不得，觸犯《反食品浪費法》，北京市廣電局隨即勒令停掉《青春有你三》。

吳亦凡粉絲要「劫法場」

另一個劣跡藝人吳亦凡更涉及強姦案被捕，過百粉絲到派出所舉牌聲援要求放人，更有粉絲聲稱要「劫法場」，說甚麼「中國只有五百萬軍警，而吳亦凡的粉絲有五千萬，絕對能從派出所拯救他出來」，這類發言引起當局高度關注。

二〇二一年九月十六日，國家廣播電視總局在北京召開「貫徹落實文娛領域綜合治理部署、推動電視劇事業高質量發展座談會」，表示堅決抵制違法失德藝人，抵制天價片酬、陰陽合同、偷稅瞞稅，反對流量至上、畸形審美，禁娘炮、禁耽改，要整頓飯圈亂象，最重要是強化行業自律，樹立崇德尚藝的良好風氣。

國家需要正能量藝人

我非常同意國家的立場，畢竟內地人口太多，基數太大，藝人偶像對年輕人特別是未成年人有巨大的影響力，除了賺錢他們必須明白自身所負的責任，國家提醒他們要做正面偶像，發揮正能量，不能做非法違法失德的事，以免教壞下一代，這是國家要傳遞給藝人偶像及年輕人的信息，清楚明確。例如肖戰在十月五日生日前，便一再呼籲粉絲不要集資、不要聚集、不要應援，鼓勵理性追星，十分清朗。

耽改劇播映無期

而在各種禁令中，本篇集中討論國家禁耽改和禁娘炮所傳遞的信息。

上文提到，《陳情令》和《山河令》一度讓大家以為雙男主耽改劇會成為主流，同事們更笑言大抵以後也不需要女主角呢。那麼，何謂耽改呢？

耽改來自耽美，根據「百度百科」，「耽美，耽於美色，耽即沉溺、入迷的意思，指沉溺於唯美、浪漫的事物」。耽美一詞產自日本，原指唯美主義，在內地則漸漸演變成同性戀（BL, Boy's Love）的意思。內地耽美文學本屬小眾，有不同題材的耽美小說、漫畫、動漫，又稱「賣腐」，而喜歡看耽美的女性，稱為「腐女」。隨着網絡的傳播性，耽美文學漸漸廣受歡迎，有耽美作品被影視化，改編拍成劇集，便是耽改劇。以往因為社會風氣及尺度問題，耽改劇會把原著作品內的男男愛情改編成兄弟情、江湖情，只是暗暗賣腐，隨着《陳情令》和《山河令》大收旺場，據説之後拍攝的男男愛情線愈來愈直白，只是在禁令之下，這些劇不知何時才能出土了。

內地《光明日報》發表文章指出「要警惕耽改劇把大眾審美帶入歧途」，認為「耽改劇盛行，無疑會讓處於人生觀、價值觀關鍵塑造期的青少年產生困惑和迷失」，「如放任其發展，必然會對主流文化和主流價值產生衝擊，將大眾審美帶入歧途，導致三觀跟着五官走。」我認為這只是部份原因。

不能影響出生率及人口結構

最近，我了解過內地對同性戀的看法，原來內地並無法例禁止或規管同性戀行為，即是説，在內地同性關係不是違法的。但是，國家一定不會鼓勵同性戀，原因很簡單，因為影響生育率。需知道內地在七十年代實施「一孩政策」，直至二〇一六年才結束。而根據二〇二一年五月十一日發表的第七次人口普查結果，二〇二〇年有一千二百萬嬰兒出生，比二〇一九年的一千四百六十五萬下降了百分之十八，生育率只是每名婦女生了一點三個孩子，有傳媒形容是斷崖式下跌。而若出生率持續下跌，將對內地的人口結構、勞動力以至長遠發展造成負面影響。

改革開放後，內地的經濟發展很大程度上依靠人口優勢，出生率低會讓人口紅利逐漸消失，但是在面對美國打壓及新冠肺炎疫情的雙重打擊下，內地要維持自身經濟活力，便需要靠內循環，人口結構及質量都非常重要。在這情勢下，鼓勵生育也來不及，今年開放三孩政策的原因亦在於此。

相反，若耽改劇變成主流，進一步影響人民戀愛、結婚、生育、傳宗接代的觀念，愈來愈多人喜歡同性，愈來愈少人生育，勢將打擊內地的人口活力以至長遠經濟發展。我認為這是國家禁耽改所傳達的重要信息。

娘炮變回「行走的荷爾蒙」

至於娘炮，則是指女性化、娘娘腔的男性，或者是韓星那類花美男。在禁娘炮之前，內地的確有些男星以花美男、濃妝豔抹或者陰柔形象示人。廣電局公告要「堅決杜絕娘炮等畸形審美」後，很多男星一夜變回「行走的荷爾蒙」，紛紛秀肌肉甚至蓄鬍鬚，展示陽剛硬朗的一面。

為甚麼要禁娘炮，有人從社會學、性別定型、性別多元等不同角度解讀。我則認為這是國家危機感強，傳達隨時預備打仗的信息。

國家時刻備戰

近年中美關係一直處在綳緊狀態，中美貿易戰是沒煙硝的戰爭，來一場實打實的戰爭也不是沒可能。最近便有外媒報道，在特朗普擔任美國總統的最後階段，美國軍方最高將領馬克米利（Mark Milley）將軍便曾兩度與中國中央軍委聯合參謀部參謀長李作成秘密通話（二〇二〇年十月三十日及二〇二一年一月八日），報道説米利在第一通電話表示美國不會對中國發動襲擊，若將發動襲擊會事先通知；但是在第二通電話則説「事情看起來可能不穩定……但民主有時候就是有點亂」，反映米利擔心特朗普會對中國開戰。報道並指眾議院議長佩洛西（Nancy Pelosi）對米利説：「他（特朗普）是個瘋子，你知道他瘋了。」

雖然目前美國政府已改朝換代，拜登的表現似乎比特朗普理性，但是很多人擔心拜登會因健康等問題完成不了任期，若屆時特朗普東山再起，難保他不會亂來。

娘炮不合時宜

中國承載着包括港澳同胞在內的十四億人民的命運，若中國崩潰，不論政治上或經濟上都將對全世界有重大影響。國家主席習近平強調「上下同欲者勝」，所指的不單止是抗疫一戰，還有全國上下同心同德，了解國家必須時刻備戰，他在二〇二一年九月十五日視察駐陝西部隊基地，便強調要聚焦備戰打仗，加快創新發展，全面提升履行使命任務能力，建設世界一流軍隊。

在這大前提下，娘炮真的不合時宜。其實在整頓娛樂圈禁娘炮之前，內地早在今年年初推動教育改革，全面提升體育教育質量，更多注重學生陽剛之氣的培養，防止男性青少年女性化；同時要求高中學生了解武術功法和武德，樹立習武強身、保家衛國的國防意識。

我認為即使整頓娛樂圈、禁娘炮，並不表示獨沽一味只演、只看軍旅劇，但是國家傳達的信息很清楚，就是提醒男藝人要有男子漢的樣子，要肩負責任，做好榜樣，反映國家具遠見，危機感強，用心良苦。

中央官員落區傳達重要信息

回說香港，曾經有傳聞 MIRROR 將拆夥，若屬實，可理解為自我整頓的結果。不過，除了 MIRROR，我們應留意中聯辦七位官員在國慶期間分別落區所傳達的信息。七位官員走訪港九新界多個社區，探訪了「劏房」、籠屋、公屋和過渡性房屋的基層住戶，包括獨居長者，走訪了中醫診所和中小型旅行社，視察了北區的發展，又有聆聽年輕人談創科等等。

我認為不是做秀，而是要向香港市民傳遞以下信息：

一、中央執政為民，以民為本，走入群眾，關心民生疾苦。

二、中央關切民生問題，有破解香港深層次問題的毅力和決心，包括要告別「劏房」。

三、示範、激勵和鞭策特區政府的官員，管治班子要接地氣，要以人民為發展的中心，才能有效施政。

換句話說，和整頓娛樂圈的各項禁令一樣，中央政府對特區政府及香港市民傳達的信息，也是清楚明確的。

二〇二一年十月十五日及二十二日《香港經濟日報》

www.cosmosbooks.com.hk

書　　名　笑看風雲
作　　者　葉劉淑儀
責任編輯　郭坤輝
統　　籌　霍詠詩
協　　力　黃詠儀　陳閔川　黃瀞蘭
　　　　　李儀雯　譚美詩
美術編輯　郭志民
封面攝影　李文錫
出　　版　天地圖書有限公司
　　　　　香港黃竹坑道46號
　　　　　新興工業大廈11樓（總寫字樓）
　　　　　電話：2528 3671　傳真：2865 2609
　　　　　香港灣仔莊士敦道30號地庫（門市部）
　　　　　電話：2865 0708　傳真：2861 1541
印　　刷　亨泰印刷有限公司
　　　　　柴灣利眾街德景工業大廈10字樓
　　　　　電話：2896 3687　傳真：2558 1902
發　　行　聯合新零售（香港）有限公司
　　　　　香港新界荃灣德士古道220-248號荃灣工業中心16樓
　　　　　電話：2150 2100　傳真：2407 3062
出版日期　2022年7月／初版

ISBN ： 978-988-8550-38-8